いかがお過ごしですか？

四季折々に綴る人生の座標軸

向野幾世　著

はじめに

本書は、月刊誌「アワーストーリー」の巻頭言の場をいただき、「座標軸」として書いたものです。もの書きでも、エッセイストでもない私が、よくぞ10年間も書き続けられたものだと思う時、それは読む人たちの愛に支えられていたのだと気付きます。

すてきな表紙写真に誘われ、これを開くや「会いたいこの人」「友好の橋」「時代に咲いた花」等々、繰り広がる世界は、四季折々の風景写真や歌声にのせられて、心を潤し目覚めさせ、行く手を導いてくれるのでした。

「座標軸」の果たしていた役割は、本を手にした方に「いかがお過ごしですか」という挨拶のパートに似ていました。そうでなければ、77歳を過ぎた女の繰り言に近い文が長く続くはずがなかったのです。

その挨拶も、すっと閃く時は滅多になく、たいていは米櫃の底をひきさらう時のような心細さと、それ故の必死さに付きまとわれていました。その証拠のような出来事を思い出します。

書き始めて2年目、久しぶりに心おどる出来栄えで、「割烹着の若き女性研究者」と題して、STAP細胞の小保方晴子さんを書き、締め切り日に原稿を送りました。ほっと一安心。

長男の初孫誕生を祝って富山県に出掛けました。行きがけ、京都駅の売店で週刊誌の一行が目に飛び込んできました。

「小保方晴子　論文に疑義あり」と。

「これはいけない！」。すぐに、「印刷しないよう、即差し替え原稿を約束」しました。許された時間は3時間、それは京都―富山間の車中です。携帯電話一つが頼りで、「座標軸」を絞り出し読み上げるのですが、あの電波を途切れさせる北陸本線のトンネルの多さには泣きました。そして、コピペ（コピー&ペースト）の恐ろしさも身に残りました。

それは、ものを書くことの怖さを知った一件でした。それ故、毎月、身の丈にあったものを襟を正して書くことを心掛けてきました。

至らない「座標軸」のそれぞれを、お読みいただけるとありがたいです。

向野　幾世

令和五年　春

目次

Ⅱ

I

いと小さき命に寄せて

新春おめでとうございます。今年こそという願いに変わりはないが、まずは健康にと。

私事であるが、昨年末、おそまきの孫に恵まれた。怖る怖る赤ん坊を抱いた時、「よく来たねぇ、ありがとう」と、50年近く前に我子を抱いて以来の胸の震え。あの時は若かった。夫と2人で産院に行って3人になって帰る不思議さ。奈良公園の緑が目に染みた。

母乳での育児の始まりだ。臍の緒が切れた時から母乳が出るとは、母性を引き出すのは、いと小さき命の存在なのか。一挙手一投足が母性を育てていくのである。母性とは授乳本能に象徴される。赤ん坊の泣き声は待ったなしの自己犠牲を母に求めて、つい昨日まで悪阻で苦しんでいた嫁は、今や母となって喜々としてこれを乗り越え、息子はこれまた父となってこの母性的没頭を支えている。

祖母となった私の口からは子守唄がこぼれる。「ねんねん、ころりよ、おころりよ」。脳裏には遠い日、私を抱いた母の姿が浮かぶ。親と子のこの連綿とした繋がりに、畏れに似た感謝の中で頭を垂れる。この先、何が起きるのかは分からない。でも、このいと小さき命に私は言いたい。「今日は明日につながっている。何があっても大丈夫、生きていていいんだよ」と。

人は「からだ」を通して「こころ」を育てる。父母の愛は「からだ」を通して「魂の世話」を

している。フランスの啓蒙思想家・ジャン＝ジャック・ルソーが人間の魂の霊妙な働きについてそう述べている。幼い生命はまずは「自己愛」、そしてもう一つはフランス語で「ピチェ」、日本語に訳すと「憐れみの情」となるのだろうか。

父母の深い愛は「情」を育てる。この情こそは、いつの日か自分以外の人と「一緒に苦しむ」という共感共苦の魂を育てるのだろう。

以前に、本誌の対談で将基面《しょうぎめん》誠先生が童謡「雨」の詩「あめあめ　ふれふれ…」を歌いながら、3、4歳の子が自ら気づいて「あれあれ　あの子はびしょぬれだ」と走りより、「きみきみ　この傘さしたまえ」と差しかける。誰に言われたことではなく、「ぼくなら　いいんだ」と言える子の心——この子の中には母さんの大きな傘があるのだと——目に浮かぶように魂の姿を教えてくださった。

ルソーは「自分が他人にしてもらいたいと思うように他人にせよ」と言う代わりに「他人の不幸をできるだけ少なくして汝の幸福を築け」と説いている。自分自身が幸福になるためには他人も自分もお互いの魂を労りあうことが必要である。そこには思い遣るという力が求められる。もの言わぬ生まれたばかりの存在は、私たち大人に「生命」を委ねることで「魂の育ち」を教えてくれているのだ。

〝いじめ〟報道でその対策にカウンセラー、警官、弁護士の関わり云々と伝えている。今は何ともそれらが虚しく響くのである。（２０１３年１月）

かかわりの中に愛は生まれる

どういう表現でこの度の感動をお伝えしたらいいのだろう。3・11から2年目を迎えようとしている今。あの悲しみと苦しみの年の瀬。キプロス共和国からの温かい支援の手に25人の子らが憩ってから1年目。再会パーティーが仙台の地で行われた時の様子を——。

扉をあけると皆がかけより「ああ」「おお」「やあ」と声をかけ、肩をだき、手をつなぎ合うという様。1年目の再会にことばはいらない。ひびきあう心は笑顔で充分。窓から、遠くに安達太良山の雪が見えるのに、この部屋はむせ返る熱さ。私の目には全てが滲んで見える。

同郷の詩人・塔和子さんの言葉をかりれば、〈かかわらなければこの愛しさを知るすべはなかった／この甘い思いやさびしい思いも知らなかった／人はかかわることからさまざまな思いを知る／子は親とかかわり、親は子とかかわることによって／かかわったが故に起こる幸や不幸を、積み重ねて大きくなり、くり返すことで磨かれ生を綴る／ああ何億の人がいようとも、かかわらなければ路傍の人／私の胸の泉に枯れ葉いちまいも落としてはくれない〉

そうだった。あの15日間のかかわりがこの溢れる愛しさの源なのか。子らの口から語られる体験談。「生まれて初めての海外だった」「地図の上でも見つけにくいキプロスを友に教えるのに努力した」「思いがけない支援」「その喜びと感謝から夢中でシャッターを切り続けていたら500

回になっていた」「これが〝旅するカメラ〟の優秀賞に」。

この度の体験は目で見ることよりも心で感じる力を磨いていたのだ。「とにかく初対面の人と共に暮らすことは試練だったが、今になって大きな財産だと分かった」と。

この旅には二つの大きな出来事があった。一つは旅のはじまりで、イサイヤ神父の言葉「皆さんの中には身近な人、親しい人を亡くした方がいますね。亡くなった方の魂は天に召されましたが、今あなたの側に来て、あなたを包みこんでいますよ」。ほとんどの子がこの言葉に胸を熱くし涙をのんでいた。

もう一つは旅の終わりのこと。遊園地でジェットコースターに何度も乗り、その激しい揺れの中で絶叫していたこと。大きな悲しみや苦しみを乗り越えるには、人は泣き切ることと、叫んで腹の息を出し切ることが大事なのだとアメリカの心理学者アブラハム・マズローは言っている。彼らの閉じ込めていたものを解き放った後のさわやかな笑顔を忘れない。

震災という自然を前にして為す術を持たない人間なのだが、それを活かす力も人間にはある。今後の生き方の中でグローバルを目指したいという発言、そのためにももっと日本の文化を勉強したいと深める発言。一日の宴はこうして終わった。

何と素晴らしい光景。誰に命令されたのでもなく、彼らは黙々と会場を片付けていた。そこにいたのは兄弟姉妹の一家族の仲間たち、これこそがこの旅の収穫だった。震災の後に一粒の種は確かな成長を見せていた。（2013年2月）

語りなおし語りつぎたい3・11

家事をしつつよく口ずさむ歌がある。東日本大震災復興支援ソング「花は咲く」だ。

真っ白な雪道に春風香る
わたしはなつかしい／あの街を思い出す
叶えたい夢もあった／変わりたい自分もいた
今はただなつかしい／あの人を　思い出す……

3・11から2年が過ぎた。2年前の3月11日、国会中継を見ていた午後2時46分、画面が切替わり、東北地方の地震情報を伝える。目に飛び込んできた映像は、現実とは思えないもので、津波が街をのみこんでいく様に息を呑んだ。

あのときからすべてが変わってしまった。北国にも春の訪れがやって来ていたが、人々は命からがら避難し、取りあえずの暮らしは冷えこみの厳しいまま2度目の冬を迎えた。その身に降りかかったことのすべてを整理しきれないまま、語ることができないまま。

被災者の方々にとって、叶えたい夢も、変わりたい自分も、それどころか家族も仕事も家も故郷も、何気ない日常のすべてが懐かしいものに変わってしまった。目をつむれば以前のままのあの街が見えるのに――。

その東北に期せずして訪ねることになったのは9カ月後のこと。震災の後、世界各国からの支援の手が差し伸べられたが、そのひとつ、キプロス共和国から「東北の子を太陽の国に招きたい」との支援に私も付き添うことになり、取りもあえず列車に乗った。12月の福島は「異様なまでの静けさ」で、続いて宮城県の海岸沿いで見た、津波の爪跡に身も心も悴《かじか》む思いがした。あの感覚は言葉にならない。「言葉を失う」という体験。

ギリギリのところで津波の被害から逃れ生き残った人が「あのとき、手を離さなければ…」と自分を傷つけていた。生きることさえストレスになっている人がいた。進まぬ復興で32万人の方が2度目の寒い冬を過ごしている。いらだちもあろう。いまこそ〝生きなおし〟の物語を語ることができればいい。たとえそれが愛しい「死者」と語りあうことであっても…。

人は自分を取り戻すために「語る」ことが必要だと言われる。東北は遠野物語、宮沢賢治、石川啄木、斎藤茂吉等、ことば豊かな国にして、井上ひさしが「難しいことを易しく、易しいことを深く、深いことを面白く」と喝破したように、語りの文化と伝統がある。

つらく悲しい体験ではあるけれど、みちのくなまりで語ってほしい、あの日のことを。2年では無理かも知れないが、語ることで新しい一歩を踏み出してほしい。障害児と日々を共にする私に、もし出来ることがあるなら、その語りを黙って聞くという命の世話かもしれない。

自然災害は日本人にとって避けられない現実。明日はわが身のことなのだから。

（2013年3月）

人生で出会うべき人

「ウソつき日まで生きてみようか」、「これもウソ」。4月1日のエープリルフールのことを、父はおどけて「ウソつき日《び》」と言うほどに死を感じさせずに、明るく振る舞って2月末日に逝った。重度の障害を抱えたままの76年の人生だった。

私の好きなことば。「人間は一生のうち逢うべき人には必ず逢える。しかも一瞬早すぎず、一瞬遅すぎない時に」（『森信三の名言』致知出版社より）。まさしく「オギャア」と生まれた時、障害者の父に出会い、それが私の生き方の出発点となった。父の生きた年月を今年、私は超える。この間何と多くの人との出会いと別れがあったことか。

人は人に出会う。親と子、兄弟姉妹、夫と妻、師弟、学友、職場で、地域で…と、数えきれない出会いと別れの生を綴り、重ねている。そして自然とも。震災の年の桜花。あの年は花見を自粛したが、花見は亡くなった方々への鎮魂歌であるから、心こめた花見をしていきたい。

話が変わるが、今年は年度変わりの4月を、久々の緊張感で受けとめている。私が理事長を務める障害児20名の入所施設が新築になる。借家が老朽化しており、3・11以来地震が気になっていた。障害児こそ、防震防災の家に住む必要があると焦ってもいた。授産品の「みそづくり」作業でコツコツと貯蓄をして来たが間に合わない。折しも消費税の値上げの声に背中を押され、今

年度分の国の補助金に飛びついた次第だ。行政の申請書類に右往左往してしまった。

ところで、この子たちとの出会いは、22年前に遡る。県立校で初めての女性校長と新聞に書きたてられた年の4月、着任式に臨んで愕然とした。小中高生160名教職員160名。つまりマン・ツー・マン教育の重度児と知る。

甘い認識のまま、当日、私は用意した巻紙を持って登壇したものの、すぐに茫然となった。そこはまるでオーケストラの音合わせの騒然さ。巻紙の挨拶は不似合い、かつ滑稽と判断して、私は唐突に歌をうたい始めた。「こんにちは赤ちゃん」のメロディに自己紹介の歌詞をのせて「コンニチハ、皆サン」「ハジメマシテ、ドウゾヨロシク」。会場は驚きの中で落ち着いてきた。

壇上から下り、職員らに挨拶していた時、またハプニング。1人の子が私のネックレスに手を伸ばしてきたのだ。きらきら光る物は気になるもの。ハッと気づいてネックレスをはね上げたが、時すでに遅く、胸元には掻き傷が残った。身体ぐるみの挨拶。これが子供たちとの出会いの瞬間だった。

「この子たちと一緒に人生を重ねて生きる」と心に誓った。その時の子供たちは、今年30歳を悠に超えたが…。

不器用な生き方ゆえの、苦境苦節が私の人生を拓いてくれる。父との出会いは私の人生に必要、必然にしてベストであったように、すべての出会いは避けて通れない。そして別れも…。

出会いと別れがあざやかに交差する季節。4月。（2013年4月）

ネットワークこそ女性が得意とするところ

母の日（12日）、国際家族デー（15日）と、5月は家族に関わる記念日が続く。人間というのは、古今東西、母親から生まれ、家庭に迎えられ、家族の一員となり生を綴る。この当たり前の日々が貧しかろうが富んでいようが、愛に充ちたものでありますように、と祈らずにはいられない。

昨年、孫が生まれ、足かけ6カ月間、老婦一人のわが家で家族の一員として過ごした。小さな命の成長に感動する日々。雪解けを待って母子が帰って行ったとき、当然ながら、赤ん坊の泣き声はなく、まるで空巣症候群のような寂しさを味わった。

いまも、気がつけば孫の様子を思っている自分がいる。それ故にかここのところの児童虐待、いじめ、体罰の事件が目にあまる。加えて出生前検診！　発達障害の増加とお産や生命に関わる報道も多い。これらがまるで自分の責任のように胸が痛い。

私は現職時代、ケースワーカーや子育て支援員として親と子の相談にエネルギーを注いできた。相談にあたっては「生まれて来た子が愛着時代を過ごしているか」「安全地帯の家庭を確保しているか」をキーワードとしていた。なぜなら、親子に関わる問題の底辺にはすべて生後6カ月から1歳6カ月、母の胸に抱かれた日々が大きく横たわっていると思うからだ。

あの有名な「夜と霧」にもあったが、アウシュビッツの迫害の中で精神の均衡を保ち得た人は、愛する人の回想と生後6カ月から1歳6カ月の安心と喜びの時間があったという。「無意識の記憶」としてフロイトが述べたことは、いまでは脳科学でも裏付けられている。

これはまた、先日ある会合で、元国連大学初代事務局長を務めた伊勢桃代さんのお話を聞く機会があった。

「21世紀は女性が力を出すべき時代。経済・社会・テクノロジーで国境は限りなく近い。しかし、たとえばユーゴスラビアで女性が被害を受けている現実があり、貧困・難民も増えている。途上国の乳幼児の貧困も救えていない。日本女性は高い能力もあるが女性が意思決定権者になっていない。愛と思いやり、寛容を発揮しきれていない。それは日本が世界を知らないから」

伊勢さんとは以前、本誌の対談でお目にかかったとき、「日本から世界へではなく、世界から日本の役割を問う発想の大転換が必要。その一つにコミュニケーション問題がある。自分の意見を言わない。日本の内向きな考え方を直さないと国際社会に通用しない」と教わったことがある。

今こそ女性たちがネットワークをつくり、平和のために貢献できたらと願う。まさにこのネットワークこそは、女性が得意とするところである。（２０１３年５月）

生きる力を培う留学生弁論大会

ベトナムの枯葉剤禍の子供を支援する活動を続けて10年になる。毎年、奨学金を持ってハノイとホーチミンを交互に訪ねている。

学力はあるのに貧しくて勉学を続けられない子供たちへ、1年分の学費として中学生には4400円、高校生には5600円を各々20名ずつに手渡す。たとえささやかな奨学金であっても、彼らの向学心を大いに刺激している。この奨学金を手にする一人になりたいと勉強に励むから、その学校の学力が格段に上がるという話を聞いて、学び続けたいという燃える意欲を痛いほどに感じる。学業優秀で志の高い子は、さらに日本政府の奨学金を得て留学生となり、日本へやってくる。知人のザンさんもそうした一人だった。

私の母校の大学院で学んだ後、いまはハノイ国家大学の教授になっている。彼女の博士論文の題は「日本佛教における肉食、妻帯について」だった。奈良に来てあちこちお寺を訪ねるうち、ベトナムではあり得ない僧侶の結婚、お寺の「奥さん」に驚いたことが研究の端緒である。「その実態の歴史的変化と思想的特徴」という副題を見るとき、彼女がより深く日本を、日本人以上に理解しようとしていたと知った。

今年、ベトナムに帰国していったハーさんの博士論文は「近代日本における公衆の成立」。一見、とっつきにくい題だが、「日本の公衆便所の形成過程を通じて」の論考である。これまでベトナムを訪ねて学校やお宅を訪問したが、用を足しながら下を見ると茶色いメコン川が流れていた。ハーさんは言う。日本でも室町時代、糞尿は下肥えとして利用することから路上に尿桶があった。江戸の市中では尿は溝に流され、江戸の人々は平気で立ち小便をしていた。明治8年に路傍便所が出現したのは、疫病コレラの大流行があり、初めて行政の関わる所となった。そうして、明治27、28年に「公衆便所」が出来た。

論文を紹介するのが本稿の目的ではない。外から見た日本を考えている。平成のいま、駅の公衆トイレの汚れを思うとき、ハーさんの目に日本人の公衆意識と佇まいを指摘された思いになる。

今年も女子留学生日本語弁論大会が全国各地で展開される。留学生は自分の夢や日本での苦労を語るなかで、「地球は一家族であり、『平和のネットワーク』なしに未来はない」と気づく。女子留学生はマレーシア、インド、インドネシア、中国、韓国、ベトナム、モンゴル、中東はイラン、イラク他、フィンランド、ロシア等々、広がりは大きい。

とかく内向きと言われる日本に対して、各国の若者が懸命に語る言葉こそは世界に向けて心開き、自らを顧みる機会。ぜひ日本の若い魂がこれを受け止め生きる力としてほしい。

（2013年6月）

世界文化遺産となる富士山

富士山が世界文化遺産としてユネスコに登録されると聞き、初めて富士山に登った日の思い出が溢れ出て来た。

1958年、日本は未だ貧しさのなかにあった。大学卒業後、1年間の研修生時代、男性に交じって吉田口から一昼夜かけて頂上に。御来光のあと、須走りで一気に駆け降りた記憶がある。22歳。文字通り若かった。胸突き八丁という言葉を実体験した。

当時ですら、夜間登山は懐中電灯の光りが途切れなく線となっていた。その後、須走りは禁止、一方で五合目まで車で行けるようになった。富士山の登山者は年間約32万人に達するとか。世界遺産ともなれば今以上、何割か増加されることが予想される。7月1日の山開き。「富士山を美しくする運動」のアルピニスト野口健さんはゴミの増加を心配している。

5月、中東平和女性会議がパリであり、オブザーバーとして参加した。ユネスコ（国連教育科学文化機関）本部はパリに置いている。このパリにはあまりにも多くの世界遺産がある。富士山のゴミについて心配していたからか、今回の訪問ではどうしてもパリのゴミ事情に関心がいった。

ベルサイユやルーヴルなど、お膝下の建物の清掃は行き届き、マロニエや桐の花が咲き誇り、まさに花の都。ところが、街中を行くとタバコの吸い殻、紙屑が捨てられている。パリの住人に

比して非常に多くの観光客が訪れるというから、このゴミのポイ捨ては観光客のマナーの悪さと見るべきか。

ふと一昔前の日本を思い出してしまった。戦後の混乱の時代、道端にはゴミが平気で捨てられていたが、世情が落ち着くにしたがっていつしかゴミは消えていった。国破れて山河あり。それでも、ときに紙屑などは目に留まる。私の密か事なのだが、「一日に一つゴミを拾うこと」を自分に課している。これが結構むずかしい。

特に電車の中とか衆目があるところでは勇気がいる。さりげなく拾うのだが、さてそのゴミなるものをどうするか。カバンの中、ポケットに入れるにはなぜか抵抗がある。かつて、向田邦子さんのエッセーで「ゴミ出し日にお隣のゴミ袋が風でこちらに来ているのを見て指先で摘まんで押しやった」というのがあった。妙にその気持ちがわかる。

2年前、本誌で女優の早見優さんと対談した。彼女はエコ運動家でもある。ある日、幼い娘さんと夕食ぎりぎりタイムでスーパーに行った際、その日に限ってエコバッグを忘れていた。戻る余裕はなかった。そのときの娘さんの「ママどうする」の目が忘れられないと語っていた。子供の目はごまかせたとしても自分の姿勢が問われた気がしたのだ。教育は立派な理念や言葉ではない。日々の実践、小さな行いにあると教えられた。

このごろ、昔の唱歌「ふじの山」をよく歌う。脳裏には冬の富士の凛とした姿がある。歌っていると心が元気になるから不思議だ。（2013年7月）

挑戦――その人生の原点に家族がある

冒険家でプロスキーヤーの三浦雄一郎さんが史上最高齢にしてエベレスト登頂に成功、「80歳偉業に歓喜」の記事が新聞各紙（5月24日）を飾った。感動の余韻を引きずったまま、数日後、本屋で「三浦家のDNA」（実業之日本社文庫）を見つけた。

エベレスト出発直前の書き下ろしで、末尾に「本書が出るころ私と豪太は山頂へとアタックしている最中にある」の一文が実に生々しく心に迫り、手から離せなく読み切った。なにより、父敬三・三浦雄一郎・息子豪太の三世代にわたり育まれ受け継がれた挑戦スピリットに圧倒される。

随所に、泣けてくる深い感動と緊張、そして大声で笑ってしまうユーモアがある。世界最高峰を舞台に親子三代が「挑戦」という荷物を背負い、「家族」という不変の絆を生きて各々が歌いあげるオペラのよう。そこには労りと思いやりが溢れている。

三浦さんにとって今回は80歳、3度目のエベレストである。75歳の前回（2008年）も、雄一郎・豪太親子で登頂した。しかし、成功は雄一郎だけで、息子・豪太はデス・ゾーン（死の地帯）で臨死体験をしている。奇しくもその日が5月24日。豪太さんは幸運にして奇跡の帰還を果たしている。

「勇気ある決断・撤退も登山です」と、かつてヒマラヤで一人のシェルパを失った体験をもつ垣見一雅氏の口から聞いたことがある。雪崩の下のシェルパを探して、とうとう垣見氏はネパールで後半生を生きている。

エベレストへの最初の挑戦は、三浦さん37歳の時。エベレスト南面の大滑降に成功、佐藤首相（当時）は「青少年に夢と希望を与える」と祝電を打った。父・敬三は「命がけのこうしたことを何故やらなければならないのか」と親ならではの心配を口にしていたが、彼自身、後に99歳にしてモンブラン氷河を滑走している。

殺到するマスコミへの対応の合間、父子二人になった時、三浦さんは「今生の別れのつもりで滑った」とポツリ。驚きを超えて言葉を失う。何と重い一言か。

今回の登頂にその父はいない。１０１歳で他界した父の魂―死の覚悟と勇気―を抱いて向かったのである。親から子へと伝わる「三浦家のＤＮＡ」。今回も大勢の人から「生きて帰って来い」の言葉を胸に刻み、「生きて帰って来よう」と思いつつも、出発前夜の心の昂ぶりが80年の人生を走馬灯のように甦らせ、万感の思いを本に綴ったのだった。察するに「今生の別れのつもり」があったのではないか。

父の背中を追いかけていく「子」はやがて親となり、生命がけの「親」を生きる。この家族の絆を縦糸に確かめながら、横糸として高齢社会を生きる世代にアンチエイジング（抗加齢）のメッセージを込める。前向きな生き方を身を呈してリードする三浦さんはこう言う。人生の原点に「家族」があってはじめて未知への「挑戦」が可能になると。（２０１３年8月）

9・11忘れてはいけないこと

9・11から12年を経た。ニューヨークのグランドゼロの地を2006年9月訪れたことがある。世界貿易センタービルを含む周囲七つのビルが崩壊した跡地は大きな地面の抉《えぐ》れとなり、ポッカリと穴があいていた。まるで人間の心の闇を思わせるようだった。

周りには犠牲者の名前が刻まれた碑板があって、一つひとつの名前を指先でなぞっていると不覚にも涙が出た。突然に奪われた人生、愛する人、愛された日々、そして未来。どこの誰とも知らないその人の人生に触れた思いがした。

かけがえのない命であったものを—。そこに立つだけで魂の震える場所がこの世にはある。映画「沙羅双樹」（河瀬直美監督）の中で、ある日、突然子供の姿を見失った父が一人つぶやく言葉がある。「忘れていいことと、忘れたらあかんこと、それから忘れな（いと）あかんこと」

指先でなぞる仕草は、戦争の痛みにも通じる。戦後68年、沖縄戦没者の「慰霊の日」、「平和の礎」には今年62人の名前が追加され、総刻銘者24万1227人の名が刻された。幼ない子が背のびしながらその一行を指でなぞる姿をテレビで見た。曾祖父の名前である。

1971年、その地に立ったことがある。沖縄に行くにはパスポートが必要だったころ、阪神—沖縄間31時間、5000トンの「黒潮丸」の初出航で、どういう訳か私は初船客としてテープを切った。訪ねたのは、南部戦跡。ひめゆりの塔（第一高女・沖縄女子師範の生徒１４３名・職員15名）、さらに最南端の摩文仁《まぶに》、海岸よりの小高い丘の上にある、健児の塔（沖縄男子師範）。

一回り年長の夫は学生時代、戦場に赴いている。人の生死の狭間に立ったことがあるだけに深く胸に迫るものがあったのか、消えかけた字を指でなぞりつつ嗚咽していた。

いはまくら かたくもあらん やすらかに ねむれとぞいのる まなびのともは

（昭和21年4月15日村民一同）

沖縄は哀しかった。いずこの地に座しても土に沁みこんだ血を感じた。珊瑚礁に砕ける波の音に命の叫びを聞いた。基地の側すれすれに砂糖きび畑が続く。後に森山良子の歌「ざわわ　ざわわ　ざわわ」を聞くたびに何ともやりきれない思いをした。

その時宿泊したのは那覇市壺屋町。琉球焼の窯元小橋川さんという年長者から抱瓶、お湯のみ、シーサーを求めた。後に小橋川さんが叙勲されたのを知りびっくりした。パスポートで行った沖縄の旅は忘れられない。

東日本大震災のあと一年くらいは死者、行方不明者の震災情報があったが今はない。でも心に響く歌がある。「かりそめに死者二万人と言うなかれ　親あり子ありはらからあるを」

人はいつ毀《こわ》れるかわからない世に生きている。名もない人、その人の生きている日常を忘れてはいけない。ニューヨークでは9・11、あの碑板の前に花が手向けられよう。せめて心の花をと。

（２０１３年9月）

父に誇れる人になりたい

息子2人が通っていた小学校に縦断幕があがったのは去年の夏。「ロンドンオリンピック金メダル村田諒太出身校」。2カ月後の10月、今度は道をへだてた校区の小学校に「ノーベル医学生理学賞受賞　山中伸弥出身校」。

小さな町の驚きと志気はいやが上にも上がった。奈良市とはいえ、まだ田んぼの点在するのどかな住宅地での出来事だ。驚きの連鎖は我が身にも続いた。10月8日ノーベル賞受賞発表の前日、たまたま上京していた私は神田の岩波ブックセンターで「祝　ノーベル賞受賞！　山中伸弥・唯一の自伝」が帯になった本を手にした。こんなことってあるのかと後に出版社に問い合わせたら「あり得る」という。その上巡り合わせとはいえ受賞の10日後、件の小学校の講演依頼を受けていた。私の緊張度は沸点だった。奈良先端科学技術大学も、車で10分という至近距離。

留学から帰国した氏が行き詰まりを感じていた99年、この大学の助教授に就任したことがiPS細胞の研究の端緒であったと自伝の中で記している。「人生は驚きに満ちている」と。

私の驚きと喜びは、そのiPS細胞を原因不明の難病や障害者に役立てたいという氏の決意である。アルツハイマー、パーキンソン、ALS（筋委縮性側索硬化症）、加齢黄斑変性症など、その目標・ビジョン（V）のためハードワーク（W）も厭わないという科学者山中伸弥の人間性。

どれ程多くの人が光を得ることか。

先日、私の関わる「たんぽぽの家」の全国わたぼうしコンサートがあった。入選曲は「60兆個の細胞が」で、作詞者は58歳のＡＬＳの方。呼吸も手足もままならない。この人の人生の行く手にもｉＰＳの光は届くのだ。

「60兆個の細胞の／全てが君に満たされて／歓喜に震え涙する／人とのつながりに感謝する」

神奈川県から奥様と小６・小３のお子様が付き添っていらしていた。関係者はもちろん、コンサート会場に集う全ての人に夢が与えられたのだ。たとえ実用化には時間がかかろうと、この希望の光の確かさよ。「０だったものが１になる大きな一歩」とｉＰＳ臨床研究会での発表の言葉は力強い。

一年前、受賞の報せを受けた時、山中氏はガタガタ鳴る洗濯機を静めるべく這いつくばっていたという。家庭人の顔がそこにある。しかし、その後の「山中フィーバー」は一気に過熱し、国内外でメディアの人になってしまった。が、いつの時にも氏の口からは「感謝」「人々の支え」「責任」という言葉がついて出る。やがて、ストックホルムのコンサートホールにファンファーレが鳴り、華やかな授賞式の幕開け。晴れの日の緊張。一瞬笑顔になった。その視線の先には、81歳の母美奈子さんの姿があった。父はすでにこの世にはいない。黙々と働いた父の姿が脳裏にあったろう。自伝の最後は「父にもう一度会う時、是非ｉＰＳ細胞の医学応用を実現させたい。そして父に誇れる人になりたい」と記している。（２０１３年10月）

愛の心のあふれてこそ

夫が生きていれば今年はエメラルド婚である。
55年前の11月27日、私たちは平服のまま出雲大社で2人だけの結婚式を挙げた。3人の巫女が鈴を打ち振り舞ってくれ、神主の祝詞に神妙に頭を垂れた。

前日、結婚の許しを得るべく、四国の実家に行った。客間で挨拶をする姿を見て、私はお茶の用意に立ったが、母がすれちがいざま、「お母ちゃんが嫁に行きたいような人やな」。これで決まり。

勝気な娘が学生結婚を申し出るなど、親としては山ほど言い分もあっただろう。大学を卒業しさらに進学する、それも国立教護事業職員養成所という、当時では珍しかった社会福祉の道である。今風にいえば「トレーニング・オン・ザ・ジョブ」。働きながらの学生だ。職場は併設した国立武蔵野学院で、その寮母である。この学院は国立というだけに各県の教護院では手に余る虞犯《ぐはん》少年が家庭裁判所を経て措置されて来る。18歳までの少年20名。22歳の私は「お母さん」と呼ばれた。

私の戸惑い以上にその力不足は誰の目にも明らかだった。それを知ってか子供たちは全員がデニムのズボンを汚し、次の日は打ち揃って夜尿でシーツを汚す。洗濯は寮母の仕事。洗濯機のない時代、私の手はガサガサになった。

戦後のデニムは水に触れると板になる。「母さんって大変だよなあ」と揶揄《やゆ》しつつ手をかえ品をかえ子供たちは私の力を試して来た。どう教え、どう護るのか分からなかった。苦しかった、つらかった、よく泣いた。

その頃、奈良で出会った一人の男の人が毎日手紙をくれ励ましてくれた。それが夫である。とにかく、苦境の真っただ中でその手紙はありがたかった。世界には60億の人がいるが、この私の苦しさを分かち合ってくれる一人の人がほしい。キーパーソンを得たい一心の結婚であった。

結婚式の翌日には学院に戻った。驚くことに子供たちを愛しく思う自分がいたのである。その上、彼らの心の叫びを身体ぐるみで聞ける自分もいた。子供の中のボスがやって来た。彼を寮母の部屋に呼んで、黙って1分間ギュッとした。小さく痩せた身体。戦争で両親を失くし、心の荒《すさ》びのまま非行を重ねて来た子。叱られるという愛を求める術しか持っていなかったのか。今にして「啐啄同時《そったくどうじ》」だったのだろう。翌日から嘘のように事態は一変した。

人が人に関わる仕事をするには自らの心が愛に満ち溢れるものでなければならないと深く思った。オン・ザ・デスクではとても学べなかったろう。

余談になるが、１９５８年11月27日は新聞の「号外」が出た。出雲大社の式を終え町に出ると、「号外！」「号外！」。空に雪のごとく号外の紙が舞っていた。

「私たちが結婚したら号外が出るのですね」と迷言を口にした私に「ヤレヤレ」と呆れたか無言の夫。それは今の天皇陛下と美智子様のご婚約の号外だった。（２０１３年11月）

サンタクロースがやって来た家

年の瀬は、ジングルベルの曲にのってやって来る。

まだ子供が幼かった頃、わが家にサンタクロースがやって来たことがある。夫が私の職場から借りて来たサンタの衣装を着て部屋に現れた時の子供たちの激しい驚きと喜び。以来、長男は小学校4年の頃までサンタさんはいると信じていた。枕もとに靴下を置くのを忘れなかった。

家計が貧しかったこともあるが、玩具は買わない家だった。夫婦の暗黙の決め事で「ハングリーとロマン」を旗印に子育てをしていた。玩具店のことを「見るだけの店」と言った。「見るだけの店に行こうよ」とよくねだられたが、店に入る前に「手はうしろよ」と言い添えたのは、触ったりしないで長く見せてやりたい親心からだった。

子供は欲しい玩具の上下左右から見続け、その姿を見守っている親だった。（欲しんだなあ）。その玩具はサンタさんの袋に託した。「サンタさんってほんまに僕の欲しいもの、よう知ってるなあ」。クリスマスとお誕生日にだけ貰える贈り物は大切にした。

不思議なご縁だが、歩いて10分ぐらいのところに河合隼雄先生のお住いがある。河合家にも3人の男の子がいらした。小中はもちろん高校も息子らと一緒、あろうことか夫はその高校の教師。その頃、河合隼雄先生は京大教授であり、日本にあってユング心理学の第一人者。カウンセラー

界の大御所。後に文化庁長官になられたが、私が存じ上げるのは夥《おびただ》しい著書の中でのみ。

先生は講演では私事はめったに口にされない方だった。なのに、クリスマスになると思いだす話がある。隼雄先生は6人の男兄弟の5番目。生家の丹波篠山にもサンタクロースがやって来たという話である。

ある年、一番上のお兄さんが「おかしいなあ。うちには煙突もないのにサンタクロースが来る。本当はお父さんなの?」と詰め寄った。「いや、お父さんもおかしいと思っていた。今夜は寝ないで見張っていよう」。しかし、2人は朝方ウトウトしてしまった。サンタは来ていた。「やっぱりお父さんだったんだ」「ちがう、ちがう、来年は父さんと母さんにも贈り物をと祈っておくれ」。

翌年のイブは一家揃って教会でお祈りをした。父母は大きな靴下を枕元に置いて寝た。あくる朝、お兄さんは驚いた。お父さんがサンタクロースからの贈り物を掲げて部屋の中をスキップして喜んでいるではないか。思うに6人の子の父なる人は歯科医院の院長として働き盛りのお歳であろう。その人にしてスキップをふんで子供たちの夢を大切にしていた。

10歳年長のお兄さんは幼い弟たちの夢を守りきって「やっぱりサンタクロースが来たんだ」。このみごとなDNAが河合家には受け継がれていたようだ。今年は隼雄先生の七回忌、奥様がこっそり教えてくださった。「河合家は佛教徒なのにねえ」。

クリスマスが来ると胸があつくなる話。(2013年12月)

日本人に生まれてよかった

「日本人に生まれて、本当に良かったと、きょう思いました」

昨年の文化勲章を受章した高倉健さんが口にした言葉。真新しい手帳を手に「嗚呼、ことし一年――」の思いがあふれる年初め、健さんのこのことばを真似てみると不思議に大きな安心に包まれる。

健さんの映画には、自らの弱さやふがいなさに向き合い迷い苦しみながら生きる人物がよく描かれるが、私の一年もそんな日々の連続だ。障害児と共に歩む日々、日の当たらなさにがっかりしたり、何をやってもうまくいかなかったり。一年の終わりにはその苦労で手帳は埋まってしまう。でも、この国に生きている。この国の懐の深さを信じ、愛し働きかけ続けて生きていこう。82歳の健さんの言葉を新春に立つ私へのエールにしよう。

健さん自身、俳優養成所では落ちこぼれであった。「辛抱ばい」というお母さんの言葉を胸に生きて来たという。自著『あなたに褒められたくて』の中で、任侠映画のポスターは入れ墨姿、後向きに立っている全身。踵に肉絆創膏を貼っていた。誰も気がつかない。「見つけたのはおふくろだけでした」。親って有難い。

日本に生まれてよかったと改めて気づくのはお正月の食卓だ。祝箸を添え、年に一度の出番の雑煮椀と重箱。中味はさして誇るほどの物ではない。ただ一つ、その味だけは「おふくろゆずり」。母は実に料理上手な人だった。その親にして娘の私はどういうわけか料理下手。なのに、とても嬉しいことがある。息子が結婚して家を離れる時、お嫁さんにこう言ったのだ。「お雑煮と年越しそばの味付けはおふくろの味を学んでほしい」と。

もう一度言う。自他共に認める料理下手な私なのに、いまやその味付けは嫁たちがしっかり上手にやってくれている。

もう一つ、母の料理の思い出に忘れられないものがある。わが家は誕生日には「おかしらつき」の一皿が付いた。戦中戦後食するにも事欠いた年、お誕生日に5センチほどのいりこが出された。故郷は瀬戸内海の幸には恵まれている。でも、お魚を買うゆとりはなかったのだ。

いりこは出汁《だし》用の干魚だが、確かに頭《かしら》がついていた。一つ年をとる日の節目を大事にしてくれた母。「おかしらつき」の日の家族の誕生日をいまも覚えている。そして、その習慣は息子にも孫にも残った。

昨年、ユネスコの無形文化遺産として「和食」が登録された。一汁三菜の日常の食文化が日本人の中で失われつつあるとか。食はその国の文化の中心にあるもの。食を大切にすることは日本の四季自然はもちろん伝統工芸や、家族団欒のすべてを包含する。「いただきます」から「ごちそうさま」にいたる所作の間に何百年と受け継がれたものがある。いのちへの感謝がある。

元旦。一年のはじめに、「日本人に生まれて本当によかった」と言おう。（２０１４年１月）

いのち一杯生きるということ

ある高校から「人との出会いに学ぶ」というテーマで話してほしいとの依頼。高3といえば1月のセンター試験、3月の大学入試を控えピリピリする緊張のなかにいるだろう。私は一つの話をした。

養護学校時代の教え子M子は一瞬の事故で逝ってしまった。

眠れない夜が続きます／あなたを愛する心一杯なのに／幼すぎますか私には／精一杯の愛です／それは愛とは言えないかしら／ただあこがれと呼ぶのでしょうか／十八歳の愛じゃいけませんか／からだの不自由な者の愛はいけませんか／贅沢ですか私には／精一杯の愛です／それは愛とは言えないかしら／ただあこがれと呼ぶのでしょうか

「十八歳の愛」という彼女の詩である。事故後、重度の脳性まひの子を胸に抱き続けて来たお母さんを訪ねたら、一回り小さくなっていた。沈黙の時だけが流れた。M子に捧げる祈り。ご仏壇の前にアルバムが一冊あった。幼い日のM子のあどけない顔。しかし、日を経るにつれ乳母車は車椅子になり、カメラに残る全身と顔はどんどん歪んでいった。

最後のページ。M子の素晴らしい笑顔があった。万朶《ばんだ》の花あかりで輝いている、男の人に前抱きされて。「お母さん、これは…」と聞かずにはいられなかった。男の人はM子の小さい時から

のボランティアで、今は大学の医学部に籍を置いている。写真はその大学の学園祭、キャンパスの桜並木の下という。M子は中学の頃から「お兄ちゃん」が好きになっていった。

「眠れない。お母さん、すまないけれどお兄ちゃんの家に連れていって」。母と子は夜中の田んぼ道に車を走らせた。「お母さん、ここでいい」。遠くにお兄ちゃんの家の灯が見える。助手席の窓から灯の方に目をこらす。じっと見続け、「ありがとう。これでいい」。見つめ続けるその目から涙がツツーとこぼれてもそれを拭う事ができない。

「あこがれというのか、愛というのか分かりませんでした。あの子は幸せでした。人を慕う心いっぱいで、喜びも苦しみも生きていました。充実して生きていたのですから」と語るお母さん。

「ありがとう。これでいい」。春から夏、夏から秋、田んぼから蛙の鳴き声に包まれた夜、刈り入れた稲の匂いが車を充たした夜。「ありがとう、とよく言う子でした。お母ちゃんやがな、あたり前やろうと言っても、それでもありがとうやもんって」

アルバムをそっと閉じながら、私は心のなかで昔読んだ『路傍の石』の一節を呟いた。「たった一人しかない自分を／たった一度しかない人生を／ほんとうに生きなかったら／人間、生まれて来た甲斐がないじゃないか」

話を終えて、壇上から澄んだ目に光る星を見た。岐路に立つ彼らに次の言葉を贈りたい。

「子供へ一首　どのような道をどのように歩くとも／いのちいっぱいに生きればいいぞ」

（相田みつを著『にんげんだもの』（文化出版局刊）より）（２０１４年２月）

アンパンマンに寄せて　3・11

真っ白な雪道に、春風は薫っているのだろうか。

東日本大震災から3年、その福島に今年初めから次男が赴いている。40代半ばの息子は建築業界から企業派遣により3カ月の東北勤務となった。東電福島第1原発の地。わが家族は急に東北を身近なものにし、かつ放射能に関わるニュースにも敏感になった。

昨年末この派遣の知らせを聞いた瞬間、私の心拍数は上がった。その母を労ってか、息子は歌を歌った。「何のために生まれて、何をしていきるのか。答えられないなんて、そんなのはいやだ。たとえ胸の傷が痛んでも…」「えっ、それってアンパンマンの歌!」と私。

その時、3年前のキプロス青少年ツアーが胸に蘇ってきた。3年前の12月24日、被災地の子(小・中・高生)25名が成田空港に集った。キプロスからの招待を受けてのツアーで、私は団長を仰せつかったのだ。自信も自覚も乏しいまま、私は結団式で挨拶をした。「地球は一家族。今日から私たちも一家族…」と。1人ずつ握手を交わしながらアンパンマンの人形を手渡した。どんな被災の痛みを抱えているのか分からなかったが、とにかく温かい思いを手にこめた。

赤と黄、茶色のマントを翻す10㎝のフェルト人形は出発前、友人のSさんが心こめて手作りしてくれたもの。アンパンマンはずっとキプロスの旅を供にした。ある時はギリシャ正教会の大司教の腰に揺られてもいた。そして15日間の旅を終え、1人の病人、ケガ人もなく帰日した。

あれから2年。昨年の10月、やなせたかしさんの訃報の中で気づいた。アンパンマンこそは見守り人形だったと。やなせさんは93歳の時に『何のために生まれて来たの？』（ＰＨＰ）を上梓《じょうし》されている。そこにアンパンマン主題歌を作った時の原稿があり、その原稿には悲しみ、苦しみのことばを全て前向きのことばに換えていた。

やなせさんは戦争体験者。弟さんの戦死や飢え、諸々の自身の悲しみの記憶を託したのがアンパンマンだから、子供らの心を癒やし励まし包みこんでくれた。愛と勇気と友情を育ててくれた。3・11の後、被災地では「アンパンマンのマーチ」が一番多く歌われたという。仙台の子が「私は恐くない。アンパンマンが助けに来てくれるから」。

陸前高田の一本松を「希望」と名付け、やなせさんは「希望のハンカチ」を配り続けた。94歳、亡くなる半年前のことだ。「ぼくは瓦礫を片付けることはできないができることで助け合う」と記している。アンパンマン生みの親の優しさはあくまでも深い。

震災の後、いつしか自分のこと目先のことで生きている日々。世界には紛争があり飢えがあり、日常が根こそぎ失われた人たちがいる。やなせさんの言う「みんなの夢を守るため」の夢とは何か。少しでも不幸を減らすことが夢という。

今、母として祈りつつ言う。「息子よ、優しい君は行く。皆の夢を守るため」と。

（２０１４年３月）

佐藤真海さんの笑顔

４月は新しい学校や職場で、一年生や新入社員らが初々しい表情で新たな一歩を踏み出す季節。緊張と期待が交差するなか、それぞれの夢に向かって大きく羽ばたいてほしい。

「失われたものを数えるな。残されたものを最大限に生かせ」

ルードウィッヒ・グットマン博士が提唱したこの言葉を、この春から新生活を送る人に贈りたいと思う。グットマン博士（１８９９―１９８０）は、ドイツ出身のユダヤ系神経学者で、「パラリンピックの父」とされる。

１９３９年、ナチスによる反ユダヤ主義が台頭したドイツを離れ、イギリスに亡命したグットマン博士は、ロンドン郊外のストーク・マンデビル病院国立脊髄損傷センターの所長に就任。第2次世界大戦における戦闘で障害を持つことになった傷痍軍人たちの治療を通じて、その身体的・精神的なリハビリテーションにスポーツが最適であると考え、48年、入院患者を対象としたストーク・マンデビル競技大会を始めた。この競技会がその後国際大会として開催されるようになり、参加者数も増えて規模が拡大し、今日のパラリンピックとなった。

64年の東京大会の時点ではパラリンピックは福祉分野の扱いであったが、今は違う。オリンピックとパラリンピックはパラレル（並行）の用語のパラなのだ。福祉ではなく、並び行われるスポーツ五輪である。20年に向けて、政府でも文部科学省のもとにスポーツ局としてさまざまな取り組みがなされる。

昨年9月8日、アルゼンチンのブエノスアイレスで行われたIOC総会オリンピック招致のプレゼンテーションで、日本は「おもてなし」を世界に謳った。ハード面のエスカレーター、エレベーター、トイレなどなどの充実、つまりユニバーサルデザインは安全・安心の都市であることはもちろん、さらに加えて「心のおもてなし」こそは最も望まれるものであろう。それは思いやりであり、相手の立場に立つ考え方を指すグローバルマナーである。

心のおもてなしは、笑顔から始まる。笑顔といえば、ブエノスアイレスでのプレゼンに立った佐藤真海さんの笑顔が忘れられない。ほんとうに素敵な笑顔だった。19歳で骨肉腫のため脚を失った佐藤さんは、スポーツに出合い、打ち込むことで障害があっても明るく前向きに夢を追いかけることができたという。

佐藤さんは、パラリンピック日本代表として活動するようになるが、あの3・11の大震災で故郷の気仙沼は津波に襲われ、壊滅的な被害を受け、自身も被災者として過ごすことに。大勢の人々の支援があり、また、スポーツへの飽くなき挑戦心があったからこそ、試練を乗り越えられた。

「スポーツは私に人生で大切な価値を教えてくれました」

IOC総会プレゼンでの佐藤さんの言葉は、千金の重みがある。何より、あの笑顔。佐藤さんの笑顔を今、日本人のものにしたい。(2014年4月)

かけがえのない命を生きよ

ぬけるような青空、五月晴れ。これを瑠璃色と言った人がいる。宇宙飛行士山崎直子さんだ。本誌昨年4月号「会いたいこの人」で紹介されたが、先日お話を聞くことができた。「宇宙ステーションの窓から大気の層に包まれた地球を見ると瑠璃色だった」と。

もっとも、ロマンに溢れる話ばかりではなく、「スペースシャトルでは水がないのでオシッコを殺菌して飲みます。寝る時は壁面に立ったままや天井に浮いて寝ます…」など、テレビで見て知ってはいたが無重力の世界の不思議に、思わず引き込まれてしまった。

山崎さんの肩書きはMS（国際宇宙ステーション・ミッション・スペシャリスト）であるが、普通の少女だったという書き出しの『夢をつなぐ』の本の中で、「あの日―中学3年生、高校受験を控え勉強中の深夜1時、テレビから衝撃の映像が流れた」。86年に起きたスペースシャトル・チャレンジャー号の事故である。打ち上げから73秒後に爆発、搭乗員7人が犠牲になった。これが彼女の「宇宙」との出遭いになる。

後年、NASAの選考で日本人宇宙飛行士候補に選抜されるが、それがいかに希有なことか。毛利衛、向井千秋、土井隆雄、若田光一、野口聡一郎の各氏に連なる。しかし、03年、コロンビア号が地球への帰還の際、大気圏突入で空中分解し7人が犠牲になる事故が起きる。

大きな衝撃に動揺はあっても宇宙開発は続く。飛行訓練はサバイバル訓練である。どん底の状態で「腹をくくる」必要もあり、「遺書」の類の文をしたためる。すべてが「生命」に向き合う作業の10年。彼女のディスカバリー号打ち上げが決定する。

打ち上げ前夜、娘の髪をいつものように三つ編みにしている時、「ママ、優希の『き』って希望の『希』なんだよね」「希望って何？　どういう意味？」「う〜ん、心にいつも光があるってことかな」。そう言いつつ心臓の辺りに手をおく。

いよいよその日、８歳の娘と夫が見守る中で宇宙《そら》へ飛び立った。カウントダウンから轟音と激しい振動の末、8分30秒で無重力の世界へ。11年、４０８８日という訓練期間を経てだった。ディスカバリー号は無事帰還、フロリダの滑走路に降り立つとフワッと吹いた草木の香り、頬をなでる風――。「当たり前」ではない生命の証しに、娘がどんなに愛おしく、家族との平穏な日々が貴重か知った、と語る山崎さんの顔はほんとうに輝いていた。

均整のとれた身体、無駄のない動き。端正な顔。笑顔からこぼれる真っ白な歯。歯が美しい人は咀嚼力、分泌、排泄がいいので血液がきれい。血管力、免疫力があると聞いたが、その生命力がピンチやストレスに耐えたのか。彼女の全身が放つメッセージは「かけがえのない生命を生きよ」である。

瑠璃色の地球も花も宇宙の子

山崎さんが宇宙から地球を詠んだ俳句である。（２０１４年5月）

雨の日は雨の中で

雨の日には　雨の中を／風の日には　風の中を
涙を流すときには涙を流しながら／恥をさらすときには恥をさらしながら／口惜しいとき
には「こんちくしょう!!」とひとり歯ぎしりを咬んでさ／黙って自分の道を歩きつづけ
よう／愚痴や弁解なんていくら言ッたって何の役にも立たないもの（抜粋）
（相田みつを著『自分の花を』（文化出版局刊）より）

書斎の窓から木々の葉に降り溜まった雨がぽたぽたと落ちてくる。ひんやりとした雨粒が私に思い出を連れてくる。あれは亡夫が高校の教師をしていたときだった。いつになく沈み込んでお酒を呑んでいた日がある。後日、ボソッと話してくれたのはあの日のことだった。

「今朝、登校の道すがら梅雨晴れの陽をうけ蓮の葉の真中にコロコロと水玉が一つ。その水玉に空が映り、小宇宙をみた。もう一つ私の青春もね」

いつもの授業前の一言だった。夫は終戦の年、19歳で応召。入隊の際、「万葉集」1冊持参して豊予海峡の守りについた。生死を分かつ青春の日々。触れるとコロコロと散る水玉のごと戦友を失っていた。その朝、万感せまる思いを水玉に託したのだろう。

その高校は県内きっての進学校だった。国語教師の朝の一言につきあう雰囲気もゆとりもなかったのか、一人の生徒が発言した。「先生、その話は大学入試に何の関係があるのですか」。その発言が夫の万感の思いと琴線を断ち切った。黙して黒板に白墨を置き教室を出た。「授業放棄ですか」生徒の声を背にして—。その時のことを後日、苦々しく独りごちしている夫をみた。「ロマンも詩情も解せず、何が大学か」と。雨粒に誘われて、遠い日の記憶がよみがえった。

4月からNHK朝のドラマは「花子とアン」。物語は、モンゴメリーの名著「赤毛のアン」の翻訳者村岡花子の半生を描いている。奇しくも本誌昨年7・8月号「時代に咲いた花」として登場しているその人だ。何ともタイムリーな出会い。

明治・大正・昭和を跨いで咲いた花、それは平らな道に咲いた花ではない。「女性に学問は不要」とされる時代にあって高等教育をめざし、かつそのなかで英語教育、欧米文学にふれるという道は茨の道であったが、自分で選んで歩んだがゆえにまっとうできた。

雨の日は雨の中を、風の日は風の中を歩んだ人。外に日中、日米の戦争があり、関東大震災があった。内には長男を幼くして失うという不条理さ。そのすべてを超えるには、想像の翼をより力強く羽ばたかさざるを得ない。

花子は幼い日から生命輝かせ、キラキラ光る瞳を持っていた。わが子を失ってなお幼い生命を包みこむ母性を培った。困難なとき、人はより生命に近く生き、自然のなかに大宇宙を見る感性を持つ。いま求められるのはその瑞々しい感性なのかもしれない。（２０１４年６月）

涙を拭いて生きよ

ヨルダンで行われた中東平和女性会議のこと、私は一生の宝物にしたい。とりわけ、5月11日のイゼルディン・アブエライシュ医師の講演はいまも心に熱い。本誌4・5月号で読み、存じ上げてはいたが、字面で知ることと本人の声、眼差し、身振りの発するものはまた異なるもの。

60分間の講演中、私は心耳を一点に集中した。アブエライシュ氏は話し始めるや、右手人差し指一本を真っ直ぐに立てた。そして力強い声で第一声を発した。「苦しみと悲しみを話すことが私の使命です」と。（以下講演の抄）

「私の人生は戦争そのものでした。ガザの難民キャンプで生まれ育った日々。人は誰もどこで生まれ、どこで育つか選べない。貧困と苦労が待ち受けていました。数えきれないほどの人が亡くなっていきました。口では表わせはしない。戦争は人間性を破壊しました。当時の私は、ただ普通の人間としての尊厳を与えられることが夢であり、希望でした。その私に与えられたのは何という試練。一瞬の閃光のなかで3人の娘が殺されたのです。1人は医師を、1人はジャーナリストを、1人は弁護士を夢見ていた3人の娘たち。神よ、私が何をしたというのですか！　あ、終わりだ。

悲しみの底から立ち上がらざるを得ない時、娘たちの真性な魂が導いてくれました。前よりも強い勇気と意識と智慧を持って生きよと。平和の魂を求め、内的ではあるが希望を持って生きよと。かつてガザの地で貧困に打ちひしがれていた小学生の時、先生から『涙を拭いて生きろ』と教わったことがある。幼いながらその時、怒るよりも学ぶことによって生き抜くことを知りました。

ロンドン、イタリア、ハーバード大学で学ぶ日々、夢は努力と行動によってのみ実を結ぶことを知りました。憎まないこと、赦すことはかえって力となり、勇気になることも知りました。すべては神の贈り物でした。娘の死を生かすため中東の子供の教育基金を創設したのは２００９年1月16日、3人の娘の命日の日。神の計らいは私が善に生きることのすべてを導いてくれました。そして憎しみからは何も生まれないことも――」

講演が終わり、一瞬の静寂の後、割れんばかりの拍手。「それでも、私は憎まない」。心が泣いた。アブエライシュ氏は産婦人科の医師だ。分娩室で新生児の生命を抱きとる方。「オギャー」と泣く赤ん坊の声は間違いなく生命の声。そして未来に呼びかける声。その母は産みの苦しみから一瞬にして未来の祝福を得る存在。それが母。女性だけがこの内なる魂の旅をすることができる。

平和は魂から来る。アブエライシュ氏はこの生命の架け橋をする。何より医師アブエライシュ氏の願いは「パレスチナとイスラエルの架け橋」であろう。3日間の中東平和女性会議の「さよならパーティー」になった。１６０人参加者の輪の中に彼はいた。「最も平和に貢献する医師」その人であった。（２０１４年7月）

買《こ》うてでもした若い日の苦労

ギラギラと照りつける日差しが肌にいたい。子育てで心がいたかった夏がある。私が現役の母だったころ、夏休みに突入するや高2の息子が後には引かぬ迫力で「父さん。僕、この夏休み、20日間ツーリングで東北を回りたい」で切り出した。長い沈黙。「よし、分かった。父さんの首をかけて行って来い」。夫は夏休み前の職員会議で「生徒が県外に行く時は親同伴」という議決をして来たばかりだった。

「2万円だ」

私は「えっ、1日千円」と思ったが、黙って用意した。その2年前、大学生となった長男に、入学金授業料を振り込みではなく手渡しした。金額は忘れたが、千円札を座敷のテーブルに並べた。収まりきらず畳の上にも広がった。呼ばれて襖をあけた長男の驚いた顔が今も目に残っている。

「父さんと母さんが働いたお金だ。持って行きなさい」

長男が1枚ずつ手に受けながら、「ありがとう」と言った。今度は2万円。百円玉にして並べた。迫力がない。十円玉に代えた。十円玉なら電話もかけやすかろう。次男は指一本でお金を手に受けつつ、「気いつけて行って来る」を繰り返した。

自転車にはテント、寝袋、工具が括り付けられ、出発の朝が来た。夫と私は自転車が道の角を曲がりきるまで見送った。それからあと、二人はぐっと無口になった。電話は一度もかかって来ない。夫のお酒の量だけがだんだん増えていった。2週間も過ぎたころ、夫が口走った。

「オイ！　ウチには息子は一人しかいなかったんだ！」

20日目、玄関に「ただいま」の元気な声。心配に苦しんだはずなのに、夫は打って変わって「おう、帰ったか」。真っ黒に日焼けして、手足の皮もボロボロ。でも、息子は出発前より確実にたくましくなっていた。

男の子というのは多くは話さない。夜、テントのまわりを野犬に囲まれた怖さをポツリポツリと話したあと、「そうそうお土産」と言ったのは「あのな、夜の空には星が降るほどあるんだよ」。

無事帰った喜びは何日も胸を熱くした。そんな日も過ぎたころ、一通の封書が来た。

「多分お宅の息子さんだと思います」という書き出しで、「土砂降りの雨のなか、今晩、駅で泊めてほしいと若者が飛び込んで来ました。終電のあと、ベンチで人が寝ていると思うと気になるので宿直室で寝てもらいました。始発列車で私が起きた時には若者はもう旅立っていました。駅のホームを掃除して水を打ち、改札口にワンカップのビンに野の草を入れて」という文面。

思い当たるのはワンカップ。父の習いだったから。野宿した子は畳の上で寝かせてもらったとき、「おっちゃん、ありがとう」の心一杯だったのだろう。旅の中で他人《ひと》の情に出会い、自然の畏敬を知り、自分自身にも出会っていた。親子ともに二度とない若い日があった。

（２０１４年８月）

親が子にのこすもの

気がつけば空が高い。そして雲はいつの間にか鰯雲に。

そらが　あんなに　あおいのは／うみが　うつっているからか／
ほしが　すむ　くにだからか
まど・みちお

50年余前の9月、はじめて母となり、ひとつの生命を抱いた日、秋空を真っ直ぐ見あげたのだった。予定日の早朝、駆け込んだ国立病院で男子出産。昂ぶって涙がにじんだりもしたけれど、そのあと運ばれた部屋は大部屋の窓際だった。高い秋の空だけがそこにあった。

昂ぶりがおさまったころ、遠く近く小学生の声。あれは運動会の練習の声だったか。奈良の地には親戚縁者もいない身で、夕方やって来るはずの夫だけが頼り。靴音に耳をすませていたら、午後、赤ん坊が看護婦さんに抱かれてやって来た。小さな足の裏にマジックペンで「コウノ」と書かれていた。障害児に関わる私にして、その手足を見たとたん涙がこぼれた。

よく来たねえ…。これが始まりの日。それから悪戦苦闘の日々があり、いつしかふたりの子の母になっていた。保育所だけが私たち一家の拠り所だったので、せめてもの恩返しにと長男が年長の年、親の会の役割を持った。

ところが、何のめぐりあわせかその夏は疫痢が流行、保育所閉鎖の事態に。急きょ我家が保育

所代わり。私たち夫婦が保母になる。赤ん坊のオムツ、着替え、ミルクと忙しいことこの上ない。私の割烹着を着た夫が不器用な手つきで子供をあやし、おんぶし、涙ぐましい奮闘の日々だった。そして秋、運動会を迎えた。開会行事に親の挨拶がある。予行演習から帰った夫がしきりに「マイッタナァ」をくり返していた。高校生を教える人にして保育所の幼い者の前で話すのは至難の業らしい。前夜、家族の前で練習をした。身体をかがめ話しかける格好とか、家族全員であれこれ知恵を出し合って「ホラ、秋空が見えてるね。赤トンボがとんでるよ」と決定。ヤレヤレである。翌朝、見事な秋空だった。一家は緊張し固唾をのんでその時を待つ。出番は早かった。夫が台の上に立った。

「ホーラ、秋のお空が見えてるよ。チョウチョがとんでるよ」

えっ？　あれ？　5歳の長男は列からとび出して走った。父親の白いトレパンの裾にしがみつき、「父さん、トンボ！　トンボ！」。夫はあがりきっていた。トレパンがずり落ちるので足元を蹴りとばした。長男が「トンボォー」といいながらひっくり返る。

思い出しても泣けてくる、そんな日があった。あの子たちもいつしか飛び立って行き、今は父親になっている。そしてあの日の父はこの世にはいない。でも息子たちは思うだろう。

〈ぼくらが幼い日、父さんがトンボやチョウチョと言いながら育ててくれた〉。そして、秋空を見あげるとそこに父がいると。親が子にのこすもの、およそ無様なものではある。

（2014年9月）

人の前で話すということ

通り過ぎざま、「ああ、金木犀だ」と、独り言。目にはさやかに見えねども、確実に秋はきぬ。

小学4年生のとき、ガリ版刷りの学校新聞に「木犀の香りも高い朝の庭」という句が載った。戦争が終わり、疎開から家に戻った嬉しさと安心と、ボロボロだった当時のすべてが甦る。無口だった私が、俳句一つとはいえ初めて人前に自分をさらけ出した瞬間だった。

先日来、女子留学生日本語弁論大会に関わって来た。人は環境が変わると、自己確認したい欲求が高まる。異国で暮らすということは、見るもの、聞くもの、食べるもの、すべてが〝未知との遭遇〟である。若い感受性には刺激に満ちた経験ではあるけれど、へたすれば自分を見失ってしまう危険性もある。

弁論大会でスピーチする留学生たちは、母国と日本の差異を細やかな目でとらえ、堂々と自分の意見を発表する。駅に置いてある善意の傘、交差点の〝ピオピオ〟〝カッコー〟という音声信号に弱者への思いやりを聴く、「もったいない」「ありがとう」のことばが日常生活のなかで生きて使われている等々、日本人のこちらが気づかされることが多々あった。それは同時に、彼女たちの母国での暮らしを垣間見せることでもあった。

留学生の出身国はいまや世界地図を被い、アジアはもちろんEU、中東にも広がる。お国の衣装で出場し、会場は華やぐ。来日して3カ月の人から数年にわたる人もいて、その体験の深さは異なるが8分間のスピーチにまとめるという制約は同じ。大きな試練だ。

日本語で原稿を書き、暗記して人前で話す。テーマは予め、①私の抱負、②私の日本留学生活、③私の国と日本、④世界平和のためにできること、と決められている。人前で話すという体験は、彼女たちの貴重な宝となるだろう。その懸命な姿勢こそが世界平和の架け橋である。

異国にやって来た留学生を家族ぐるみで受け止めているのは「日本のお母さん」だ。下宿の大家さん、大学の先生、町のお店の人らとの数多くの出会いが、深く豊かな文化交流だということがよくわかる。留学生は学問だけでなく暮らしのなかで日本に出合っている。内向きと言われる日本にあって立派な民間外交といえよう。

地区予選を経て全国大会に出場した留学生たち。優勝者は一人だが、優勝者も、そうでなかった人も、あるいは聴衆として参加した人も、みなさん一様に〝いい顔〟をしている。留学生は、自身の「ハーストーリー」（彼女の物語）を伝えたい、聞いてください、と本気で弁論台に立つ。参加者も本気で聴きとる。だから、感動が生まれ、〝いい顔〟になるのだ。

　何でもいいからさ／本気でやってごらん本気でやれば／たのしいから
　本気でやれば／つかれないから／つかれても／つかれがさわやかだから

（相田みつを著「本気」（文化放送局刊）より）

（2014年10月）

名前は祈り

つるべ落としの日の暮れは慌しい。急ぎ足に家路をたどると、わが家の垣根がふっとそこだけ明るんでやわらいでいる。近づいて「ああ、山茶花が咲いていたのか」と納得、このところの忙しい自分に気づかされる。というのも、今月、長男夫婦に第2子が誕生したのだ。数え年3歳になる第1子の孫娘の七五三も祝ってやりたい、とお節介に奔走している。

かつて私の子育て中は、ただ夢中で七五三も眼中になかった。保育所のお迎え帰り、夫は神社の辺りに着飾った子供たちがいたので、何だろうと息子2人を連れて迷い込んだらしい。息子の記憶に「千歳飴の袋」があるから、たぶん行ったのだろう。医療の整っていなかった時代には3歳まで子供が育つことはありがたかった。すくすくと大きくなりますようにと祈る親心は、昔も今も変わらない。孫の誕生は改めて子育ての意義を考えさせてくれる。

第2子妊娠の知らせに喜ぶ間もなく、検診で性別もわかった。男の子らしい。その頃から長男夫婦は子供の名前を考え始めた。広辞苑を引っ張りだし、字の美しさ、画数、意味の広がり、あるいは自然の風物に寄せたり、はたまた偉人や敬愛する人の名に因んだり、かと思うと今度は声に出して音の響きを確かめている。縮めて呼んでみたり、苗字とつなげてみたりと実に多様な作業が繰り広げられる。

さながらそれは、夫婦の人生観と生き方の総決算であり、わが子の夢をつむぐ如《ごと》でもある。私は、この命名の作業を見守りながら、わが命名の時の父母に思いをめぐらす。いまは逝ってしまった父母に、いつだったか、命名の由来を教わったことがある。家系図まで持ち出して辿ってくれた。そしてついに、江戸時代の寛政まで遡って曽祖父の「幾世水《きよみ》」から来た名前と知った。

男の人の名前なのか、それは槍の名手なのかと途端に拒否反応に変わった。いまは慣れ親しんでこの名前を良しとしているが。幼い日から父母は名前を「さん」づけで呼んでくれた。ありがたいことだと思っている。それにも訳があるらしい。いまはすでに亡い、母の弟が終生、私のことを「アカチャン」と呼んでいた。シベリア抑留から帰ってきた叔父は、私が大人になっても小さい時の「赤ちゃん」の呼び方を続けたのだ。母はそのことを笑いながらも心を痛めていた。

名前に纏《まつ》わる話はつきない。心して命名し、心してその名を呼びたい。

名前はその人のためだけに　用意された美しい祈り
若い日の父母が　子に込めた願い
幼いころ　毎日、毎日　数え切れないほどの　美しい祈りを授かった
祈りは身体の一部に変わり　その人となった
だから心を込めて呼びかけたい　美しい祈りを

〈毛里武「名前は祈り」〉

（2014年11月）

年の瀬に人生のすすはらい

年齢を重ねるにつれ、時が過ぎさるのは早いと思うようになったけれど、購読している月刊誌『致知』で一つの詩に出合って思いが変わった。

一トンの砂が　時を刻む砂時計があるそうです。／その砂が　音もなく巨大な容器に積もっていくさまを見ていると／時は過ぎ去るものではなく／心のうちに　からだのうちに積もりゆくもの／と、いうことを　実感させられるそうです。（砂時計の詩）

この詩に出てくる砂時計は一年の時を刻む。全長5メートル、直径1メートルの巨大な砂時計で、島根県大田市の仁摩《にま》サンドミュージアムにある。

私は自分の人生を砂時計にのせてみる。明らかに残り少ない砂が、一刻一刻落ちていく。一方、過ぎ去った砂は山となって積もっている。時は消えるものではないと思うと、自ずと生き方が変わる。豊かで実りある日々を紡がねばと。そして、身辺の積もり積もったモノに心を馳せる。自分にとっては宝物、他人にとってはただの屑という、不思議な存在。

年の暮れ、煤《すす》払いに加えて、身辺整理を決意した。さりとて一度に何もかもとはいかない。まずは玄関。靴の片付けから始める。ヒールの靴はもう身体が受け付けない、先端の細いおしゃれな靴もさようなら。スイスでオーダーまでして作った登山靴、登山は無理だけど野歩き用にしよ

う。靴の整理にして覚束ないわが足の運びに出あう。足元をスリムにすることが人生の足取りにつながる、と実感。

「生きることは選択であり、選択こそが生き甲斐を与え、人生を豊かにする」とお念佛のようにわが心に言い聞かせつつ、次は書斎へ向かう。室内にあふれ返る書類と本の整理、これは靴のようには捗《はかど》らない。潔くないことこのうえなく、途中で来年に繰り越すことに決めた。

先日、テレビで「片づけられない女性たち」を特集していたが、その気持ちがよくわかる。思い出の山との格闘なのだ。もうひと頑張りととりかかったクローゼットで、「もう着ない」「まだー」「まだーたら」「もったいない」とマ行の連発。選択のお念佛を今一度唱え、自分に喝を入れる。大仰なと笑われるかもしれないが、年の瀬の人生の煤払いは大変なのだ。

モノの整理はアルバムや子供の幼い日の絵、成績表など。まだまだある。積もったほこりを払い、「さようなら」「ありがとうな」と言い切るのは難しい。サミュエル・ウルマンの「青春」の言葉を少し変えて「年を重ねるだけで人は老いない。選択する力を失うとき、初めて老いる」と。

とりあえずの年の瀬になる。

一枝に　花ひとつきり　冬椿　　（鷹女）

すっきりとして新年を迎えたいもの。（２０１４年12月）

「生まれて来てよかった」といえるように

奈良の地に住んで60年になる。生まれ育った地で過ごした年月をゆうに超えた。元日の朝は一家揃って未だに残る野道を踏み、奈良郊外の鎮守の森に初詣でにゆく。判で押したように続けているわが家の行事である。

お屠蘇と雑煮をいただき、家を出る。時間に多少のずれはあるものの、記憶する限り正月の朝は晴れている。このささやかなわが家の営みに、今年は生まれて間なしの幼い者が加わる。感慨もひとしおだ。

この幼い者の父となる息子はかつて10代のころ、初日の出を拝むべく暗いうちに起き出し、若草山を目指していた。空が明るんで茜色に染まりはじめた東雲《しののめ》と競うかのように。あのころはそんなにも純に元旦を祝いたかった子だったのである。

昨年末、文科省の統計数理研究所が発表した調査結果に「生まれ変わっても日本人に」と答えた人が83％いる。昭和28年から5年ごとに行われて13回目になるこの調査、今回はその間に東日本大震災があった。つらい震災のなかでかえって日本人の「心の豊かさ」「礼儀正しさ」「秩序ある国民性」が評価され、矜持を得たことが反映されたのではないかと識者は分析している。

この発表と時を同じくして奈良で「正倉院展」があった。今回は天皇皇后両陛下の傘寿を記念

してのもの。まさに天平文化の咲き誇り匂うが如し。聖武天皇がお使いになられた家具・調度類として紫檀で作られた肘付き（狭軾《きょうしょく》）やベッド（御床《ごしょう》）、その敷布団を包んだ裂《きれ》。それは白つるばみの地に亀甲の錦で、今なお輝きを保っている。

とりわけ心が震えるのは、白瑠璃瓶《はくるりのへい》である。ガラスの水差しというと分かりやすい。透明でありつつ、少し緑色を帯びたガラス器が異国情緒を放っている。大きさは14センチというから両手の掌に収まるほど。この愛しく繊細なガラス器は明らかに中近東由来のものである。

はるか八千キロの長い道程を越え、多くの人たちの手に伝わって奈良の都までやって来た。シルクロードの深く険しい峡谷、行けども行けども果てしない砂漠を越えて来たという、その途中にはぶどうの房が暁に実るオアシスもあったろうか。はたまたその昔、ガラス瓶に色鮮やかなぶどう酒が潤っていたろうか。

１９４６年第一回の正倉院展にこうしたガラスの瓶や碗が33点展示されたと聞く。日本国民が敗戦で打ちのめされていたなかで、この繊細にして美しいササン朝ペルシャのガラス器は日本人に自信と誇りを取り戻させたという。

昨年、シルクロードは世界遺産に登録された。最近のニュースでは荒ぶる中東の姿ばかり。一日も早い中東の人々の平和を祈らずにはいられない。

年の始め、いつもながら初詣で。凍てつく空気があろうとも凛として確かな歩みをしたいと思う。今年から加わった幼い者が「生まれて来てよかった」といえるように。（２０１５年１月）

あなたに褒められたくて

――お母さん。僕はあなたに褒められたくて、ただ、それだけで、あなたがいやがってた背中に刺青《ほりもの》を描《い》れて、返り血浴びて、さいはての「網走番外地」、「幸福の黄色いハンカチ」の夕張炭鉱、雪の「八甲田山」、北極、南極、アラスカ、アフリカまで、三十数年駆け続けてこれました。別れって哀しいですね。／いつでも――。／どんな別れでも――。

（高倉健著『あなたに褒められたくて』より）

昨年11月10日、俳優高倉健が逝ってしまった。昨年1月号に健さんのことを書いてまだ1年も経ってなかったのに。自ら信じた道を愚直なまでに通して生きる健さんの姿にフォーカスして、私の日常をつづって来た。

テレビの追悼番組は姿勢を正して見た。その人は撮影中、決して座らなかったと聞いたから。たった15秒の演技のため1日も2日も絶食したとか。テクニックじゃない。人として大切なことはうわべじゃない。手っ取り早いものには心が宿らない。最小限のことばに込みあげるものを滲ませて。

――やっぱり母親の教育ってのは、すごく影響がありますよね。有り難いですよね、母親って。頑固で、優しくて、そして有り難い母だったんです。自分が頑張って続けてこられたのは、あの母《ひと》に褒められたい一心だったと思います。

そして…。この母が本当に逝ったとき、自分は告別式に行かなかった。葬式に出られなかったことって、この悲しみは深いんです。

母のお墓に対面しました。／母《おふくろ》の前で、じーっとうずくまっているとね。子供《ガキ》のころのことが、走馬灯のようにグルグル駆けめぐって…。寒い風に吹かれて、遊んで帰ると膝や股が象の皮みたいになってて、それで風呂に入れられて、たわしでゴシゴシ洗ってくれたのが痛かった。そのときの母のオッパイがやわらかかったこととか、踵にあかぎれができると、温めた火箸の先に、なにか黒い薬をジューッとつけて割れ目に塗ってくれた。トイレで抱えてもらって、シートトー、とオシッコをさせてくれたり、なんかそんなことばかりが頭の中にうず巻いて。（前掲書）

強い男、寡黙でストイックでプライベートはあまり話さない。映画の中でも、じっと立つ。その無言の姿にすべてを演じきる。誰にでもできることではない。誰もが近づけない孤高の人。その人の胸の中にたぎっていた熱い思い出が、まだ排尿も覚束《おぼつか》ない幼子の時のものだったとは。

人間の本質が弱くいたらないものであっても、いつもこの自分を受け入れ、生かしてくれる人がいることを心底知っているのは生きる条件だと知る。２０５本目で遺作となった「あなたへ」の最後のことばは「ありがとう」だった。その声の響きは、静かで穏やかで深かった。

（２０１５年２月）

心を寄せつづける3・11

「行って来ます」と言って　出ていった子が
「ただいま」と言って　学校から帰って来る
小学1年生の女の子の　声の美しさ　そのひびきのよさ

厳しい冬から日射しが温かくなり、春の到来を告げる。窓をあけると隣家の子の声。

歳月は人を待たず、あの大震災から4年目の3・11を迎える。あの日あの時、私はテレビで国会中継を見ていた。午後2時46分、グラッと揺れてテレビの画面に東北地方で地震のテロップが流れた。国会は中断し、画面も中断。身体の芯に揺れが残った。数時間後、テレビのスイッチを入れたときの画像はいまも記憶に鮮明に残っている。押し寄せる海水で家や車が住宅地のなかを流され、つき進んでいるではないか。どこへ？　どうして？　ただならないことが起きていた。

翌朝の新聞はほぼ全面に三陸沖を震源とする国内観測史上最大の「巨大地震M8・8と大津波」と報じ、大津波後の火災を伝える紙面は火の色に炎上。陸空の交通はマヒ、原発は想定外の危機に瀕し、津波による町の水没と壊滅的惨状を伝えていた。

テレビ画面は、川を遡った津波が田畑を呑み、家屋を破壊する様子を刻々と映す。「まさかあの家に人が…」「まさかあの車に人が…」。すべての〝まさか〟がほんとうに起きていた。あの日から日本中が東北の寒さを身にしみこませた。一瞬にして先祖代々の思い出から何もかも無くし、ましで子供や妻や夫を失った人の悲しみ。

自然の猛威を前に人間の無力さを知り呆然としたあの日から、もう4年、まだ4年。今年の春の日射しはいまなおお仮設の家とはいえ届いていますか。空虚さを胸に仕舞いこんだまま故郷を離れた方は新しい地に慣れたでしょうか。

他人事ではなく、私も1年目、被災地の子供たちとキプロスへ行った。2年目、息子が福島の第一原発で働いていた。正月に帰省した息子に「去年は大変だったねえ」と労うと、「大変なのは、そこに住んでいる人だよ。それにいまもそこに働いている人もいるからね」「あれは仕事じゃない。人としてやらなきゃいけないことだったんだよ」。人としての役割、人として生きる姿勢を東日本大震災に学んだ。

今年届いた賀状には「震災以来ずっと休日はボランティアをしてます」「石巻の保育所にアンパンマン人形を１００個ずつ送っています。石巻には保育所30カ所あり、子らの喜びが励みです」などの文面が見られた。

あの日の朝も、東北地方は晴れて青空が広がっていた。「行って来ます」といつもの挨拶が響いただろう。哀しいのは「ただいま」の声がないこと。「当たり前」というのは「かけがえのない」幸せなのだと震災は教えている。心を寄せ続けることは、生きている者の人間の証し。それこそが未来をひらくと信じたい。（２０１５年３月）

自分の居場所は自分でつくる

もはや／できあいの学問には倚《よ》りかかりたくない
もはや／いかなる権威にも倚《よ》りかかりたくない
ながく生きて／心底学んだのはそれぐらい
じぶんの耳目／じぶんの二本足のみで立っていて／なに不都合のことやある

（茨木のり子「倚《よ》りかからず」）

4月、自然が輝きを増す。草木はその置かれた地に根を張り花芽を出す。人もまたこの月、新しい環境、生活スタイル、人間関係を始める。たとえそれが困難を伴おうが、自分の生に溶けこませ、克服するほかない。自分の人生は自分もち。

私も4月から三世代二世帯暮らしになる。目下そのために改築をしている。取り壊しと新造作中。日がな一日見ていて、一人の大工さんの動きに心ひかれる。職人特有の無口な方だが、65歳と聞いた。奈良奥地の吉野から通って来ていて、その地から通勤には1時間余りとか。

ところが毎朝、判で押したように7時40分には着く。8時までの20分間車のなかで手帳をチェックし、読書をしている。挨拶とともに、すぐ作業場に立つ。その一連の動作に狂いがない。思うに未だ明けやらぬ内に家を出ているのだろう。当初の打ち合わせで、昔ながらの10時と3時のお茶は「しなくていいです」ということであったが、なぜか私はささやかな茶菓を出している、というか出さずにはいられない。懸命な努力の空気が私を動かす。

午後5時過ぎ、「きょうは終わりにしますわ」という挨拶で「ご苦労様でした」と車を見送りに立つ。いつ掃除したのか、作業場に木屑もなく入り口あたりの土砂も片付けられ、水打ちもしている。みごとな仕事ぶり。誰が見ようが見るまいが、ただひたすらの真心が残る。

この人にとってわが古家は与えられた新しい環境。マニュアルなしで全力を投入し、いまこの瞬間に集中している。施主の私に建築の知識はまったくない。にもかかわらず職人さんの技量も誠意も伝わってくる。「時間の質」の濃さがわかる。時間を守る姿勢は礼儀だと気づく。つまり時間は己れのものではなく、共有する人のものでもある。そこに思いやりがあり、相手への尊重がある。

時間が価値あるものであるなら、そこにできあがる建造物も値打ちがあろうというもの。この暗黙の信頼、安心はどこからくるのか。言葉ではない。その人の「行為」であり、それを支える「習慣」なのだ。

春4月、人生の節目を迎える私自身と、そして多くの人に、老年の職人の所作は何とも大きな力になろうというもの。美しく生きたいと思う。全力で生きる楽しさを感じたいと思う。毎日、今の瞬間に、自分の居場所が作られ土台となる。いつの日か風格の花が咲けばいいいと。

（2015年4月）

見えぬけれどもあるんだよ

だれの言葉だったか、人間は生まれて来るとき、一通の封書を持ってくるという。それを見て生きる人と見ないまま生きる人がいる——つまり一生の設計図があるらしい。困難に出合ってもそれが封書の中の一行ならば恨みっこなしで自らをコントロールすることもできよう、辟易しないでやりぬくことも。

　青いお空の底ふかく、／海の小石のそのように、／
　夜がくるまで沈んでる、／昼のお星は眼にみえぬ。／
　見えぬけれどもあるんだよ、／　見えぬものでもあるんだよ。
（金子みすゞ「星とたんぽぽ」より＊）

わが家族は今年、人生の節目。大仰な言い方だが、民族の大移動ならぬ家族の大移動だ。長男一家4人が奈良に来る。次男一家は東京転居、孫娘は奈良の大学に来る。リハーサルなしの入試は、一回限りの人生を教えてくれた。奈良の地で迎える私は三世代二世帯暮らしに備え、家の増改築を行った。それぞれ自分の人生は自分持ち。変えなければならない事態は受け入れるほかない。受け入れるエネルギーは叡智に変えねばならない。そのとき、困難は感謝に変わる。家の改築に伴う身辺の整理で生活スタイルも変わる。大きなエネルギーを要するとき、健康と元気が私

に残されていたことに感謝している。

いつだったか　君たちが空をとんでいくのを見たよ
風にふかれて　ただ　ひとつのものを持って
旅する姿がうれしくてならなかったよ
人間だって　どうしても必要なものは　ただ一つ
私も余分なものを捨てれば　空がとべる気がしたよ
（星野富弘「たんぽぽ」より）

そうだった。老から死に向かって歩むとき、身ひとつがいい。一番わかっていそうな自分のことを一番わかっていなかった。茫茫と時を重ねる日々にあって、このたびの節目はいままで考えもしなかった家族の愛に気づかせてくれた。偶然のようで偶然ではない、多くの共時性があった。まるで昼には見えない星座が見えるではないか。

以前、河合隼雄先生が京都大学の最終講義で話されたユング心理学の「コンステレーション」（星座のこと）、難しくてわからなかったが、どうやらいまの私にあてはまる。

散ってすがれたたんぽぽの／瓦のすきに、だァまって、／
春のくるまでかくれてる、／つよいその根は眼にみえぬ。／
見えぬけれどもあるんだよ、／見えぬものでもあるんだよ。
（金子みすゞ「星とたんぽぽ」より＊）

5月の陽を浴びてたんぽぽが咲いている。（2015年5月）

＊金子みすゞ「星とたんぽぽ」より／出展『金子みすゞ童謡全集』（ＪＵＬＡ出版局）

さまざまなこと思い出す一日

ながく生きているとこんな事もあるのか。60年もの歳月を経て、なんと孫娘が母校の大学に入学した。息子から「入学式に出席しないか」と誘われ、親ならともかく祖母まで行くことはないと固辞したが、「二度とないことだから」と結局出席した。会場には、父母に混じって祖父母の姿も多く、少子化時代を改めて実感した。かねてから母校の学生は地味と言われてきたが、黒のスーツ姿できめた女子学生は初々しく美しい。

60年前、巷では「女に学問はいらない」という風潮が支配的で、くわえて実家は貧乏だし、進学どころではなかったのに、家出同然にやって来た。せめてはと母が叔父の洋服を裏返して手作りのスーツを用意してくれた。男縞の布地でポケットは右側になっていて恥ずかしかったが、結局は着たきりすずめを通すほかなかった。

当時の入学式は、いまは重要文化財になっている木造の講堂で行われ、みごとなシャンデリアにびっくりした。時の学長さんは落合太郎氏（故人）。豊かな白髪と彫りの深い顔立ちは故郷ではおよそ見たこともない威厳を放っていた。後に知るのだが、フランス文学、とりわけモンテニューの研究者だった。

「フェスティナ・レンテ」

学長が語ったラテン語が耳に残っている。〝ゆっくり急げ〟という意味だった。

新しい講堂の緞帳は大先輩・小倉遊亀氏の「爛漫」という作品で、桜の古木が一点の狂いもなく咲いている。「花咲いて思い出す人皆遠し」（子規）。式の後、校庭に出て驚いたのは、学生の多くがスマホで交信していたこと。いまやスマホは必需品か。

先日、信州大学の入学式で学長がスマホをとるか信州大学をとるかと迫っていたニュースがあったが、その気持ちはよくわかる気がする。スマホのメリットデメリットはもっと論議されていい。グローバル時代にあって、コミュニケーションの大切さはわかるけれど、それは顔と顔を突き合わせての議論であり、語りあう力が求められている。それはさまざまなチャレンジと失敗のなかで培われる。未熟でいい。学生時代だからこそ経験するといい。若い日、劣等感に苛まれつつ、どうにか何とか生きぬいた日々を思い出す。あれが私の青春であり、そのプロセスこそが学ぶ力の根源だった。対話を通じて自分自身に向きあった。

孫娘の入学式の話に戻ると、心に残った学長の言葉がある。「人間、自分の成長は見えにくいもの。そこで一つの提案をしよう。いま心に残る映画をひとつ取りあげ、その感想と批評を書いておく。4年後、再びその映画を見て自らの思うところを書く。心揺さぶられる体験と偽りのない自分の言葉こそが自分を見つめる指標になろう。身体を通した感激とその言語化こそが力なのだ…」

孫の入学式は老いの私にとっては新鮮で、さまざまのことを思い出す一日だった。

（２０１５年６月）

力量、それは人間への愛

夏休み前の一日、遠足に行く小学生の車輌に乗りあわせた。にぎやかなことこの上ないが、子供の声を騒音というほど狭量ではない。引率の先生は2人。中年の男先生と若い女先生。電車が発車するや女先生が「他のお客様の迷惑になるから静かにしなさい」。実はその声こそやかましい。私はひそかに女先生をキンキンさんと渾名《あだな》した。一方、男先生は乗りこむや腕組みをして軽く目を閉じる。口もとは笑っているが声は発しない。生徒らがくすぐったりしても。そのうちベレー帽が取られたり、戻されたりと忙しい。男先生のことをベレー帽氏と渾名した。

想像するに、ベレー帽氏はキンキンさんの上司なのか、あるいは校長さんなのか。そんな一行を乗せて40分。終点が近い。「次終点です。降りますよ」「降りますよ」。キンキンさんは車内を一巡。その声は緊迫している。

降り立ったとき、ことの次第が分かった。実は車輌の中には二つのクラスが乗りあわせていたのだ。ベレー帽氏は、いち早くホームに降り立ち無言で片手を上げる。その手はまるで磁石か、子供たちが四列に整列する。これがベレー帽氏のクラス。

「早く降りなさい」「忘れ物はないですか」「さっさとしなさい」。すでに降りた子供たちは右往左往、蜘蛛の子を散らしたよう。これがキンキンさんのクラス。最後に降りて来た先生は声をふ

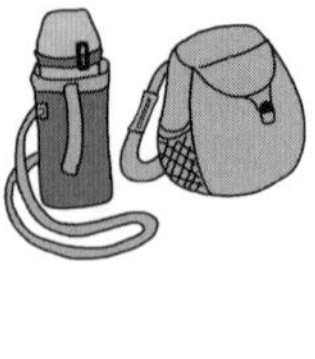

りしぼって「早く並びなさい」。

そばで見ていて2人の先生の指導法の違いに気づく。加えて力量の差も。一言の声も発していないベレー帽氏の力量はどこにあるのか。よく見るとベレー帽氏のお腹に最前列の子2人の頭が引き寄せられている。3人目の子の靴は〝動くな〟と踏まれている。そのうちベレー帽氏は後方の子にVサイン。そこには大柄な男の子が何人か分の水筒をたすき掛けしている。Vサインににっこり。再びVサイン。私の目に、1人の女児。両手に友の手をつないでいる姿。これまた先生のサインに満足気にうなずく。ここに来てベレー帽氏の日常が見えて来た。教室や机上の成績だけでなく、遊びや暮らしを通して関わる姿。教育の先人東井義雄の詩を思い出す。

どの子も子どもは星
みんなそれぞれがそれぞれの光をいただいて／まばたきしている
ぼくの光を見てくださいと／まばたきしている
光を見てやろう／まばたきに　応えてやろう　—（略）—
やんちゃ者からはやんちゃ者の光
おとなしい子からはおとなしい子の光（以下略）

『東井義雄詩集』（探求社）より

力量とは。日々の関わりのなかにあって相手のまばたきを受けとめる力。それは人間力。それは愛にほかならない。夏の一日、いい学びをした。（2015年7月）

戦後70年、疎開児童は今

疎開児童も／お爺さんになりました
疎開児童も／お婆さんになりました
信じられないときの迅さ
飢えて　痩せて／健気だった子らが
乱世を生き抜くのに／せいいっぱいで
生んだ子らに躾をかけるのを忘れたが（略）（茨木のり子「疎開児童も」）

70年前の8月15日、19歳の茨木のり子は敗戦の放送を学徒動員の海軍療品廠（療品廠《りょうひんしょう》）で就業中に聞いていた。同じ放送を、9歳の私は疎開していた農家の庭先で聞いた。茅ぶきの大屋根の家は昼なお暗く、そこに大人たちが集まっていた。ただならぬ雰囲気でラジオの前に正座し、雑音ばかりの音のなかからある人の声を聞きとろうと押し黙っていた。天皇陛下の終戦を告げる声、それが玉音放送だった。

あのときの異様な雰囲気と光景は記憶にしっかりとある。戦争の記憶は、その人の年齢によりさまざまだろうが、一様なのは敗戦による占領下で日本中が貧困と飢えのなかに放り出されたこと、お腹を空かして子供らは焦土のストリートチルドレンに、田舎の子は野ザルさながら野山をうろつき、手当たり次第に食べあさった。グミ、アンズ、ビワ、野イチゴ、イチジク、山モモ、桑の実、ヒシ、スカンポ。いま思うと貧しさも窮まれば楽しい。何より心は明るかった。が、母の苦労は思うだに切ない。

あれから70年。豊かな国になった。その矢先、いま再び子供の貧困が問題になっている。片親家庭が増加し、その貧困率は16・3％という。子供の貧困は親の年収の低さにあり、教育が受けられず、その学歴の無さ故に就職もならず、この貧困は連鎖するという。NHKがこの問題を取り上げ、文科大臣も出席しての日曜討論をやっていた。結論は、公的支援、経済的援助が必要、だった。この展開に私は「ちょっと待って」と思う。経済的解決は一つの手立てではあるが、すべてではない。家庭の機能はもっと深く、お金ではない、モノではない。まして公的援助でもない。戦中戦後と比較しようとは思わないが。本来、人は貧しさのなかにあっても発憤の〝憤の心〟があれば、活路をはかるという道もある。

自然災害にせよ人災にせよ、つねに環境に左右されはする。しかし、その環境の要素には自分も含まれる。環境の一つである自分の心の健康さ、健気さがあればと思う。疎開児童だった私は、飢えて痩せてはいたけれど、母の必死に生きる背中が私に〝憤の心〟を授けてくれた。カンコロ芋（さつま芋を干したもの）、ハッタイ粉（おちらし粉）、スイスイ（竹の皮に梅干しを包んだもの）など、どれだけ飢えた子を励ましてくれたか。どん底の苦労のなかに安心、ぬくもりがあったと、いま、改めて感謝する。戦後70年、その母はもうこの世にはいない。（２０１５年８月）

みんな同じ空の下、生きている

40年前、勤めていた養護学校の生徒たちは卒業後のこと、親なきあとのことを人知れず悩んでいた。親にとっても教師にしても悩みは同じだった。ここにM子の作った詩がある。

こうしている間にも／老いていく父と母／やがて永遠の別れの時がくる
自分が気づかないうちに／少しずつ　少しずつ近づいてくる
からだは、まだ疲れが残っている／でも　なんとかしなければ
お互いの心がすり切れるまえに

当時、言語訓練担当の私のノートにはこうした子供の呻きにも似た言葉の断片が書きとめられていた。脳性まひの子の発する言葉は呻きであり、つぶやきであり、ひとりごとであった。しかし、それはいのちの叫びでもあった。つなげてみると詩の形になる。これらの詩にメロディーをつけることはできないだろうか。折りしもフォークソングを歌う高専の生徒に出逢った。今にして思う。夢のような話だが、障害児の詩にメロディーがつけられ、奈良文化会館ホールでのコンサートになるという展開。スターもいない。スポンサーもない。ずぶの素人の音楽祭が、後に「わたぼうしコンサート」として日本中に広がり、「アジア・太平洋わたぼうしコンサート」として空を飛ぶことになろうとは誰が想像しただろう。奇跡に近い出来事だが、思い出のなかに大変な

幸運があったことに気づく。初めてのコンサートにレコード会社の社長さんがいらしていたのだ。翌年このコンサートはLPレコードになり、全国に発売されることになった。福祉キャンペーンレコードの第一号の誕生である。レコードの題名は「みんな同じ空の下に生きている」。ジャケットには、いまは亡き福祉の先駆者、一番ヶ瀬康子氏の推薦の文が残っている。

「障害のない私たちが失いがちな強さと忘れがちな心の豊かさをこの『うた声』は気づかせ、ほりおこしてくれる。この感動が波紋のように全国にひろがり人間仲間のスクラムが組まれる。それはいのちの尊さと共に生きぬくための歩みのはじまりである。いつの日かこれは文化の歴史をつくっていくだろう」…予想はあたった。「わたぼうしコンサート」は今年で40周年を迎える。

レコードの最初の曲は「夢」である。

車椅子にすわって／デートができるだろうか
このごろ　そんなことを考えてしまう
笑われそうな気がするんです
僕だけ　僕だけ／ほかの世界にいるみたい
みんな同じ空の下／生きている　生きている

高等部3年生のY君の夢。あまりにも当たり前な人を恋う心が夢というのか。当時18歳のY君。私にとっては人間を教えてくれた青年である。「みんな同じ空の下　生きている」心の中にこのフレーズを響かせて私は生きている。（2015年9月）

もずが枯木でないている

薬師寺と唐招提寺を鵙《もず》渡る　前田普羅《ふら》

私の家はこの二つの寺を結んで西大寺に続く道のなかほどにある。道筋には昔ながらの家が建ち並んでいる。この時期、農家の大木にも、キィキキキキと甲高いモズの声。その声は胸に鋭く刺さり、思いがけない過去を甦らせる。

大学に入学して初めての帰省の夏、故郷の図書館で展覧会があった。見終わって帰りがけ手伝って貰えないかと頼まれ、気軽く引きうけた。役に立った喜びで意気揚々と帰ったところ、母から「もう図書館に行っては駄目です。あれはアカの人たちの催し物らしいから」と言われた。母が誰から何を聞いたのか分からず、言葉の意味も背景も知らないまま図書館行きは止めた。

代わりに母が段取りをしてくれた瀬戸内海の島にある障害児施設のお手伝いに行った。若い日々、何ごとにも疎く世間知らずな私だった。後日、あの展覧会が丸木位里《まるきいり》・俊《とし》夫妻の「原爆の図展」だと知った。一日だけだったが、展覧会に関わって原爆の怖さは心にも目にも焼きついた。

かの時の顔に百舌鳴く原爆図　加藤秋邨《しゅうそん》

その施設での経験が、図らずも後の障害児教育に携わるきっかけになったのだから不思議だ。

モズは他の鳥の鳴き声を真似るという。「ウグイスやカナリアなど、それで百舌と書くんだよ」

と、息子が小学生のころ教えてくれた。カナリアならぬ私もモズの声につられて歌が出る。

もずが枯木で　ないている／おいらは藁を　たたいてる
綿引き車は　おばあさん／コットン水車も　まわってる

大学2回生のころ、学内の「蟻の会」というコーラスサークルに加わり、ロシア民謡や反戦の歌を歌っていた。

みんな去年と　同じだよ／けれども足んねえものがある
兄《あん》さの薪割る音が無《ね》え／バッサリ薪割る音が無《ね》え

この歌詞がサトウハチロー、作曲徳富繁だと知ったのはこの原稿を書く時点の今にしてだ。

兄《あん》さは　満州に行っただよ／鉄砲が　涙で　光っただ
もずよ寒いと鳴くがよい／兄《あん》さは　もっと寒いだろ

思うに、この歌は反戦詩であったか。しかし、歌っていると鎮魂のうたとして胸に染みる。戦後70年とあってテレビ・新聞は特集を組んで連日先の戦争を取り上げたが、年月と共に事実は見えづらくなり、記憶は風化していく。歌という媒体が記録している〝歴史〟。ただし、藁たたきも綿引き車も水車も薪割りも遠いものになってしまった。モズの声は変わらないというのに。

（2015年10月）

ベトナムの風に吹かれて

ベトナムの旅から帰って来た。

ホーチミンの二つの大学と一つの高校に奨学金を手渡すのが目的で、帰国した日、時雨《しぐれ》が降った。大和盆地の時雨は黄葉を色づかせ、また紅葉ちらしの雨になって冬を呼ぶのである。

もみぢばながる　神なびの　みむろの山に　時雨ふるらし　（読み人知らず）

ベトナムでも雨の日はあったが、スコールだ。秋から冬にかけての降ったりやんだりの時雨と一瞬の雨は同じだが、ベトナムのそれは豪雨だったし、雨のあとは炎天になり、木々は生気を取りもどし、ドラゴンフルーツの赤色は見事に輝いていた。

この自然現象の違いは人の心にも影響していることは容易にうなづける。この国ではお正月だろうとクリスマスだろうと炎天下の気温30度というから、日本の四季に生きる者には分かりにくい感覚ではある。

ところが、常夏に近いベトナムだからこそ気づいたことがある。というのは10月に封切られた映画「ベトナムの風に吹かれて」にかかわっている。ひょんなことから、この映画の試写会と交流会に招かれた。日本とベトナム初の合作映画とあって、交流会には両国の俳優、関係者一同が集っていた。ちなみに日本側は主演の松坂慶子、草村礼子、山口森広、監督大森一樹。ベトナム側の名前は覚えられなかったが、アオザイ姿も美しい、かの国では有名な俳優と監督の皆さん。

映画のテーマを一口で言うと、「老人介護」の問題であり、いまの日本が直面していることでもある。知人である小松みゆきさんの『越後のBaちゃんベトナムへ行く』が下敷きになっている。雪深い越後に住み、日本どころか海外に一歩も出たことのない認知症の老女（草村）を、ベトナムに住む娘（松坂）が引き取って介護していくという筋書きである。

娘はハノイ在住で日本語教師をしており、介護にかかり切ることはできない。一方、いまや徘徊もはじまった母が引き起こすトラブルやハプニングはいずれ違わずすさまじい。ところが、この介護をなぜか軽やかに乗りこえて、明るさと笑いのなかに終わりを告げるのである。

経済成長期を迎え、活気にあふれたベトナムの街はバイクがひしめいている。その間を徘徊する老女。言葉も分からず方角も知らない老人にしてだ。が、あたたかい人情がそこにはある。気候が育てたものか苦難の歴史が培ったものか、見知らぬ老女にかかわり家族のように受け入れていく。撮影地の路地の風情と人情、老人へのいたわりはかつての日本に確かに息づいていたものだった。豊かさとは何かと問いたい。

小松さんは私にそっと告げた。「一年前、母は身まかったのよ。ベトナムを終《つい》の住処《すみか》としてね」

これがまあ終《つい》の栖《すみか》か雪五尺　（一茶）

（2015年11月）

幼きはゆず湯の柚子を胸に抱き

どんなご縁だったか、岡山の田舎にある佛教寺というところで話をしたことがある。お寺とのご縁は夫が亡くなってからだから10年は優にすぎる。

お寺までの道すがら、刈りとられた畑に金黄色の物が積まれていた。時間にゆとりがあったので、畑に足を入れ、その一つを手にとった。掌《たなごころ》に強い香りをうつして弾けた。柚子だった。捨てられた柚子の山から痛みの少ないものを一つ手にしてお寺にむかった。門前に住職さんが迎えてくださり、「柚子はお好きですか」と聞かれたので、「関わっている障害児施設が味噌づくりをしていて、ゆず味噌も試みています」と話した。そのときはそれだけのご縁だった。

柚一つ供えて寒し像の前　　高浜虚子

そして1年後の年の暮れ、段ボール一杯の柚子が送られて来てびっくりした。あの佛教寺さんからだった。その多さにも驚いたが、施設のことを覚えていてくださったことに感動した。それから毎年、冬至のころになると柚子が届けられ、やがてゆず味噌は授産品として定着するまでになった。

ちょうどそのころ、ある方から柑橘類の苗をいただき庭の隅に植えていた。数年後の夏、葉のつけ根に白い小さな花がついた。みかんの香に似てその強い香りは故郷の思い出を連れて来る。

いつの間にか青色の実が三つ。緑色というより群青色をまぜた深い緑青。初冬にそれが黄色になってはじめて柚子とわかった。

「桃栗三年、柿八年、あほうの柚子は十三年」。そういえば来年は夫の十三回忌だった。

年は唯、黙々として行くのみぞ　高浜虚子

年の暮れ、思うに一大転機の年だった。核家族化の流れに逆らい、三世代二世帯ぐらしに舵をきった年。方丈記の「ゆく河の流れは絶えずして、しかももとの水にあらず。よどみに浮ぶうたかたは――」と空んじてもみるがライフスタイルの変化はうたかたと言うには重い。

気ままな一人暮らしから一挙に5人家族である。河の流れの速さに足をすくわれそうになる。辛うじて自分なりの歩みと喜びを見出している。多分、どんな些細なことにも意義と価値を感じとらえなおす習慣が幸いしたのか、はたまた幼い日からの貧しさと逆境が育ててくれたか、いや障害をもつ子との日々の関わりのなかで、あたり前に見えることはかけがえのない幸せなんだと根底でとらえているからなのか。

幼い者を加えての暮らしはひたすら丹念に心こめて綴っていきたいと思う。冬至の日には、柚子湯を沸かそう。浴槽のなかに黄色い柚子がポンポン浮んだら、1歳、3歳の孫はどんな顔をするだろう。（2015年12月）

日に新た　日々に新たに

日に新《あら》た　日々に新《あら》たに　又　日に新《あら》たならんと

「大学」の章句である。70歳をすぎて古典を学び直している。送金なしの学生時代、生きていくことに精一杯ですべての授業の出席がかなわなかった。しかし、なぜか「古典」の授業は欠かさなかった。教えてくださる先生の静かな語り口調と鹿児島出身の野武士の風貌に魅せられていたのか。

さりとて「論語」「大学」の深いところを理解していたかと問われれば、まったく恥ずかしいばかりなのだ。時折口をついて出て来る章句が残っているだけ。

君子は必ず其《そ》の独《ひと》りを慎《つつし》むなり　小人《しょうにん》　間居《かんきょ》して不善《ふぜん》をなす

心ここにあらざれば　視《み》れども　見えず　聴《き》けども聞《き》こえず

などなど。ただ、これは大学の授業というより、母が私の耳に届けていたものかも知れない。というのも、その言葉の魔力が生活のなかに息づいていたような気がするからだ。いい加減なところのある私の性質を母は見抜いていたのか。一人暮らしの日々、よく口をついて出て来たのは「独りを慎む」だった。この言葉を口にすると、自然に背中がしゃんと伸びる。

いつの間にかそれは自戒の言葉として生きている。幼子と暮らすとき、大人の発する言の葉ほど大切なものはない。言葉の意味よりも、リズムや響き、発する音で子供の耳に届いているらしい。先日、3歳の孫が人形にむかって「何があっても大丈夫」と話しかけていた。なんのことはない、私の口真似なのだ。始まったばかりの同居暮らしはこうして言葉一つの重みを教えてくれる。

そういえば、「大学」の章句に「一言《いちげん》　事を憤《やぶ》り」とある。一言《ひとこと》の使いようで、その場の雰囲気や人の感情、そしてその出来事の終始にまでかかわることがある。

一家仁《いっかじん》なれば　一国仁に興《おこ》り　一家譲《じょう》なれば　一国譲に興る

一家が互いに仁の心をもって和《なご》やかに睦み合えば自然と和やかな気風が家に満ち、一家で譲《ゆず》り合い寛大《ゆるやか》な心で力を尽くすなら、そこに美風が生じる、ともある。

かつてインドのマザーテレサの施設でボランティアをしたとき、朝夕の祈りで口にしたのは、「慰められるよりは慰めることを／理解されるよりは理解することを／愛されるよりは愛することを」だった。

新春。年のはじめに思うことは人生に謙虚に向きあいたいということ。冒頭の言葉は「湯《とう》の盤《ばん》の銘《めい》に曰く」にはじまるものだが、平たく言えば、古代中国の湯王が、朝の洗顔の洗面器に刻みつけた自戒の言葉だった。日に新たに、日々に新たに、また日に新たならんと──。

この一年、新鮮な日々を重ねたい。（2016年1月）

いのちかけて青める草

如月《きさらぎ》、土のなかから季節は移っていくらしい。

日射しに誘われて外に出たら、石垣の隙間から小さな草が芽を出している。目をこらすと畦道は草青んでいる。


いのちかけて青める草と思ひけり　山口いさを

そういえば、1歳の孫がヨチヨチをしている。「這えば立て、立てば歩めの親心」という。祖母なれば、急《せ》く気持ちより、ゆっくり愛でる心でその日を待っている。首がすわり、寝がえりをしたのを喜ぶ間に、お座り、はいはい、四つ這い、つかまり立ち、つかまり歩きと細やかな順序を踏んで人は大人になっていく。

なかでも一人歩きの瞬間は赤ん坊にとっても一大転機のことなのか。今年3歳になる孫が歩きはじめた日のことをいまも鮮やかに思い出す。降り積もった雪が真っ白な絨毯に見えた日。南国生まれの私は興奮をおさえられず、赤ん坊を連れだし真っ白な雪の上に立たせた。

幼な子も胸がさわぐのか、オロオロと一人立ち、そしてあれよあれよの間に一歩足を踏み出した。が、一瞬のこと、幼な子は尻もちをつき、はげしく声をたてて笑った。いのちがけの一歩だったのだろう。

我が子へ　歩幅に多少の差はあるけれど／一回に出せる足は／だれでも一歩だ
一回に五歩も十歩も／出すわけにはゆかぬ
いま、ここ、の、一歩を／具体的に、しかも確実に出すことだ
この小さな一歩の連続が／富士山へもヒマラヤへも／つづくんだから（抜粋）
（相田みつを著「しあわせはいつも」（文化出版局刊）より）

間もなく5年目の3・11を迎える。あの年、世界中から支援の手が差し伸べられた。その一つキプロス国から災禍の子供を招待してくださる申し出があり、小中高生25人の一団は、かの国で過ごす日々があった。被災の悲しみを忘れて幸せな旅であった。

後日、その旅に同行した私は、国連での中東平和女性会議の席上、お礼と報告をした。「このたびの東日本大震災に寄せられた世界中の皆様の真心へのお礼と25人の子たちの幸せだった旅」と話したそのとき、出席者のお一人から、「25人が何ですか。シリアに来てみてください。沢山の難民がいます」との声があがった。

２０１１年に始まったシリア紛争は、その人口の半数１０５０万人を難民とした。２００万人の子供が戦火に故郷を追われ、避難のすべさえ持てずにいる６００万人の子供は死と隣り合わせの日々を生きている。

いま、ここの、一歩を確実に踏み出すか否かが問われているのだ。いのちかけて生きる一本の草を見守る一歩を。きょう私はシリア緊急募金をユニセフに送った。（２０１６年2月）

がんばるから見てて

春風や闘志いだきて丘に立つ　　虚子

一葉の写真がある。東日本大震災直後の報道写真。がれきの中、口を引き結んで水を運ぶ少年の姿、気仙沼市松本魁翔《かいと》君だ。少年は気仙沼市で被災した。津波で自宅が壊され、母、姉、妹と仮設住宅で暮らす。断水の続く中、何往復もして大きなペットボトルで生活用水を運ぶ。母子家庭で男手が足りないからと水くみをかって出たのだった。

後日、この報道写真を俳優の高倉健さんが台本に貼りつけて持ち歩いていたことを知った。「常に被災地を忘れないことを心に刻もうと撮影にのぞんでいました」「遠くから貴方の成長を見守っています」と。

しかし、マスコミに取り上げられ、騒がれることは魁翔君のためにならないから、公にしないことを「男と男の約束だ」とした。〝見ていてくれる人がいる〟ということは生きる力になる。「頑張るから見てて」と少年は心に誓った。

震災の犠牲者16人の生前つづった家族への言葉を「中央公論」が特集していた。その中に佐藤雄樹《ゆうき》君の手紙もある。

お父さんへ——12年間育ててくれてありがとうございました／言うことを聞かなくてめいわくかけて／きたけど　心の中では感謝していました／本当にありがとうございました。ゆうきより

小学校の卒業を控えて家族に宛てた手紙を先生が子供たちに書かせた。雄樹君も書いたが、照れて家族に渡さない。何日もたって父親の和隆さんに「これ」と手渡したのは震災前日3月10日の夜だったという。後に和隆さんが「まるで遺書のような…」と語るように、その手紙は過去形で書かれていたのである。

とても越えがたいと思う困難な時、人は言葉にならない言葉を発し、声にならない声をあげる。それは時に哀しい〝虫のしらせ〟という言葉になって脳裏をかすめぬでもない。

もう40年も前になる。私もまた「遺言」になった少年の詩を聞き取ったことがある。

拙書『お母さん、ぼくが生まれてごめんなさい』に記したが、やっちゃんこと山田康文君は重度の障害を生きていた。小学1年生で担任してからずっと関わって来た。手足はもちろん、言語の障害もあった。私の問いかけにＹＥＳの時は目をつむり、ＮＯの時は舌を出す。それが唯一、彼に許された言語。15歳のやっちゃんがその生涯でたった一篇、命をしぼるようにして作った詩は「お母さん、ぼくが生まれてごめんなさい」、そして「ありがとうお母さん」だった。全身のこわばりとよだれと汗と涙がすべてだった。それから2カ月も経たずして亡くなってしまうとは。

（２０１６年３月）

つばくらや 母なくなりし 日を思う

4月15日は母の命日である。もう28年も前になる。が、その一瞬のすべてが脳裏にある。まわりの音も色もなくなった一瞬。思えば、私の幼い日々のすべてが母とともに消えた時だったのか。

のど赤き玄鳥《つばくらめ》ふたつ屋梁《はり》にいて　足乳根《たらちね》の母は死にたもうなり　茂吉

母の手に「サクラハナ サク」の電報を手渡した日のよろこびはいまも胸にある。遠い昔になってしまったが、大学合格の通知だった。その私が「ハハ シス」の電報を手にする日があろうとは。

その5日前の1988年4月10日、本州と四国を結ぶ瀬戸大橋開通記念の放映があった。テレビを通してふるさとを見た。架橋の四国側の脚は、私の生まれ育った町に立った。

かつて連絡船で渡った瀬戸内海の島々の風景がたった15分間に縮められ、車窓をすぎていく。潮の香も海をわたる風の匂いもなく、まして出港を告げるドラの音も、母と私をつないだテープのするすると減る感触と別れの感傷もない――。祝賀ムードの中で、私はふるさとを失っていた。

ふるさとは遠くにありて思うものか。その思いをあざ笑うが如く、開通5日後の列車に乗って帰郷することになろうとは。「ハハ シス」の電報を握りしめ、私は心のなかで「そんなはずはない。あろうはずがないではないか」と叫んでいた。

というのは、2日前に母あてに手紙を送ったばかりだったからだ。年度末のボーナスの一部を同封していた。遅れた上にいわくつきの手紙であった。当初いつもの金額を入れていたのだが、出し遅れたままカバンに入れて持ち歩き、その間、急なことで3万円を封筒から用立てていた。が、そのまま手紙の文面に「ラッキーセブンというからね」と書きかえて送ったのである。甘えと恥知らずな娘をさらけ出したまま。

「なんで母がこの世からいなくなるの?」。親はいつか居なくなるものだとは理屈では分かっていても、現実としては受け入れがたいものがあった。私は父も亡くしていて、その時の気持ちは「悲しい」だったのだけれど、母の死は「悲しい」を通り越して「あり得ない」であった。

何ほどの時間もかからず、私は実家の玄関に立った。母は居間でいつものように寝ていた。ただ、顔には白い布がかけてあった。白い布切れ一枚の物語る重さ。「こんなもの!」と布をはらい、抱きあげた母の身体はまだ温《ぬく》かった。

その死は突然だった。急性心筋梗塞という。枕辺の兄も動転していた。「ゆうべ、お前から来た封筒をひらひらさせて、ボーナスもらったと小躍りしてたのに…」。翌朝、母は黙って逝ってしまった。枕の下から例の封筒が出て来た。あれから28年、私はずっと親不孝な自分に向き合っている。

母へ送る金 未だしも つばくらめ　　目迫秩父《めさくちちぶ》

（2016年4月）

「言葉は時代によって変わる」というが

新緑のなかに仔鹿が草を食んでいる。白い斑が鮮やかな毛並み、こちらを見つめるその瞳の涼しさ愛らしさ——観光センターのポスターである。

行き来するたび「いいなあ」と見とれているが、心の中に少しひっかかるものがある。ポスターに書かれた標語、太い字で「ヤバいほど　好きよ　奈良」。ふうーん、こういう表現もあるのかなあと目には納めつつも心の違和感は消えないまま、先日、新幹線に乗った。少し落ち着いてから斜め後ろのほうから聞こえてくる声が気になり始めた。

「ヤバ!」

「ヤバイ!!」

「カワイイ!」

それとなく振り返ると4人の若い子たち。東京までの数時間、この二つの言葉だけを車中に響かせたのには驚いてしまった。後日、新聞で知ったが、平成26年度の文化庁の「国語に関する世論調査」には、「やばい」は「素晴らしい」とある。本来は危険や不都合な様子を意味する「やばい」を「とても素晴らしい」等の良い意味で使うことのある人は16~19歳で91・5%、20代で79%。若年層に浸透しているらしい。自分の感情を強調するのに便利なのだろうと文化庁は分析する。

また、善悪の判断がつかない時に「微妙」と表現することや、面倒くさいことや不快感・嫌悪感を表す際に「うざい」と言う人は78%。「わたしは」を「わたし的には」と言う「ぼかし言葉もある」とか。「言葉は時代によって変わる」というが、その変わり方が気になる。くらしの豊かさのなかで言葉の世界はむしろ貧弱になっているのでは。語嚢の少なさは会話の質を低くし、柔らかい思考を奪うことになりはしないだろうか。

数年前のことだ。「キレる」「ムカつく」「イラつく」という言葉が出始めたころ、早朝の町を駅にむかって自転車を走らせていたら、カン、カン、カンカン（いまの時代に鍛冶屋があろうはずもなく）という音がだんだん大きくなってくる。

近づいて気づいたが、音源は前を歩いていた女性のヒール底の金属音だった。それはいいとして、彼女の横を追い抜きざま、「ムカッつくな、おばはん」の一声が背中に突き刺さった。

言葉は人生を切り開く有力な武器であるが、同時に使い方次第で凶器ともなる。相手だけでなく、発した自らの心も傷つけ、荒廃させることもあるから注意しなければならない。

いま、わが家ではまだ言葉を獲得する前の1歳と3歳の幼い孫がいる。言葉を持たない子供の世界がいかに自然で豊かなものかを知るだけに、大人の心ない言葉でこの幼い者を壊したくない。8万8千件にも増えてしまった児童虐待が、これらの言葉を引き金にしたものでないことを祈るばかり。

人声に子を引き隠す女鹿かな　一茶

（2016年5月）

「父の日」に寄せて

父の日のわずかながらも青き沖　松島不二夫

晴れやかな「母の日」に比して、何と「父の日」は楚々としてひそやかなことか。アメリカ合衆国ワシントン州で、男手ひとつで育てられた女性が父への感謝を提唱したのがはじまりという。「母の日」の赤いカーネーションと違い、贈る花はユリともバラとも言われている。

当たり前のことだが、人は父と母の二人を親として私があり、子があり、孫がある。連綿とした生命のつながり。それを遺伝子のバトンという。

先日、長男の育児記録を読み返していて、ふと小さな書き付けが目にとまった。「保母さんから『きょうは誰がお迎えに来るの』と尋ねられて、長男が『アナタガクル』と答えていた」。長男は当時2歳である。読み進むうちに若い日々が次々とよみがえり、思い出が湧きあがってきた。

結婚後、私は夫のことを「センセイ」と呼んでいた。一回り年長であったし、高校の教師だったこともあり、「センセイ」の習慣は続いていた。それがようやく「アナタ」と呼べるようになったのは長男誕生のころだった。つまり、ことばを言い始めた長男は父親のことを「アナタ」と覚えてしまったのだ。

過去の小さな書きつけからもう一つ気づいたことがある。このころ、夫が保育所の送迎に協力

してくれていたのだ。背広にネクタイ、その上に抱っこキーパーをつけて奮闘してくれていた。

1960年代、未だ共働きへの理解は少なかった。夫の姿に社会や職場からの風当たりは強かったろう。その風は妻であり母親である私にも吹いて来ていたから。いまは当たり前になっている乳児保育所、学童保育所づくりにも懸命に取り組んでいたころのことである。

時折、自分一人が子育ての苦労を背負っていたように口にすることがあるが、父親である夫の苦労はもっと大変だったのだといまにして思う。一匹狼のような夫だったから世間の噂も評価も意に介せずに協力してくれていたのだ。

半世紀が過ぎた。遺伝子のバトンは引き継がれた。2歳の子は父親になって、朝夕の送迎をしている。背広にネクタイ、抱っこキーパー。みごとなまで瓜ふたつ。

2010年に「育メン」が新語流行語大賞になり、父親の育児参加は積極的に推奨されるようになった。イクメン、ワークライフ&バランス、ワーキングマザーといった耳慣れないことばが生まれ、企業も社会的責任として育児・介護を位置づけている。

だが、考えてもみよう。時代とともに風は変わるけれど、父と母が、大事な家族を慈しみ、家庭の幸を慮って生きること、目の前の道をひたすら歩く姿勢に変わりはない。6月第3週日曜日の「父の日」を感謝して祝いたい。

父の日の高波のいつか衰へし　　大牧　広

（2016年6月）

優しい心で生きていきたい

遊びをせんとや生《うま》れけむ／戯《たわぶ》れせんとや生れけん
遊ぶ子どもの声きけば／我が身さえこそ動《ゆる》がるれ
（梁塵秘抄《りょうじんひしょう》）

熊本地震では、多くの学校が休校した。早く友達に会いたいと子供たちの声。やっと5月に登校できるようになった、という明るいニュースを耳にし安堵した。

その5月の大型連休では保育所がお休みとあって、わが家では赤ん坊を卒業しかけた幼い者2人が〈軒あそび〉の日々を過ごした。自分の家、親しい家族と庭先でまどろむような日々であった。無心にはしゃぐ子供の姿は愛らしく、健やかに育てと願う。そんな日々の一方で心に引っかかっていたことがある。

「保育所落ちた――」

過激な表現による匿名のブログのことだ。投稿されたのは今年2月、またたく間に子育て中の母親を中心に、待機児童解消を求める署名がネット上にあふれた。それに併せて保育の充実を求める声もあり、施設の増設や不足する保育士の確保、待遇改善等々。

広がる波紋に、国や自治体はその対応を急ぎはじめた。ところが、ある自治体で保育所の新設を打ち出したところ、近隣住民の反対にあい、計画を諦めて延期せざるを得ないという事態になった。「子供の声がうるさい」「保育所に送迎する親のマナーが悪い」「周辺の道幅が狭く、車の渋滞が起きる」といった理由だが、総論賛成、各論反対ということだ。もう子育てを終えた人たちにとっては、他人事《ひとごと》になったたか。その上、高齢期にあって、いまは閑静な住宅地に勘弁してほしいという気持ちなのだろう。

「子供の数も減り、子供がいないことに慣れている地域が増えた」。地域福祉論を話す淑徳大学准教授、山下興一郎氏はまた、「特に高齢者の中には個人志向が強く、身近に保育施設ができることに戸惑う人も多い」と。こうした声は都市部で高く、待機児童数も東京都7814人、千葉1646人、埼玉1097人、大阪府1365人、沖縄2591人（H27・4・1現在）。かてて加えて都市部の住宅、道路事情を考えれば住人の苦情は避けて通れない。

中都市奈良のわが家でも、昨年からの同居にあたり保育所探しには時間をかけた。乳児と幼児が同じ保育所を、送迎に要する時間、保育所の雰囲気等々、それは一大事だったことを思い出す。それに先がけて隣近所へ、いわゆる挨拶まわりをした。

「子供の声はいい。ありがたいですよ」「子供の姿を見るのはうれしい。若返りますね」と好意的に受け容れられたが、甘えてはいけないとも思う。少子高齢時代のなか、すべて他人事でなく、わがこととして優しい心で受け止めて生きていきたい。

子ども叱るな　来た道だもの／年寄り笑うな　行く道だもの　（作者不詳）

（2016年7月）

そこに立ち風に吹かれてみれば

よろこびは束の間のこと
悲しみもまた／明るさの中でみれば／ちっぽけなかたまり
朝の庭に　燃えつきた／線香花火の玉をみつけた　　星野富弘〈風の旅より〉

「今年の夏の暑さは格別」。気づけばこのセリフ、毎年口にしている。「もうお盆か、月日のすぎるのが早い」。このセリフもだ。この調子だとアッという間に老いて、アッという間に死を迎えるのかしら。

わが家の菩提寺は奈良の町なかにある。開基は親鸞聖人の直弟子行延法師ときく。山門を入ると樹齢300年のソテツの巨樹と本堂の大屋根が目前に迫る。ある方に「月4回、お寺に行く」と話したら、「えっ年4回でしょう」と聞き返された。いいえ、月々の法要、法話、コーラス、写経と4回は足を運ぶ。ひとつにはお寺のなかの墓地に亡夫と私の終のすみか、お墓があるからだが。

いつの間にかお寺は私の心の居場所になっている。広い本堂に座すと、過ぎた日の出来事や人の思いが伝わってくる。ここで明治21年6月5日アーネスト・F・フェノロサが「奈良の諸君に告ぐ」と題して講演をした。市民500人が熱心に聴講、午後9時から深夜に及んだと記録にある。

岡倉天心（通訳）の声が、夜の静寂《しじま》をついて人々の心に届けたのは、「奈良こそは日本のローマ」であり、正倉院は「アジアの博物館」である。そこに住む人は、その幸を知り、その幸を保存していく使命がある——128年前、この本堂に溢れた情熱は、ここに立てばよくわかる。遥かな歴史の記憶を心の糧として生きる幸を思う。

同じ思いを今年6月、韓国の慶州で味わった。潘基文《ばんぎむん》国連事務総長も出席して行われた、「持続可能な開発目標を達成する」と掲げた国連とNGO（非政府機関）の集まる国際フォーラム。英語も韓国語もままならない身には忸怩《じくじ》たる思いがしたが、今回のフォーラムの目的が「質の高い教育」をめざし、生涯教育に貢献する市民の育成、とあるのにあやかって参加したのであった。

会期中の宿泊地は「ザ・ホテル・キョンジュ（慶州）」。新羅王朝の都として千年の栄華を極めた慶州。韓国が誇る世界遺産、仏国寺や石窟庵など絢爛たる仏教文化に囲まれて過ごした。ホテルの部屋の窓から九重塔が見え、塔の上の九輪があざやかで、水煙に吹く風は千年の風。奈良と慶州、姉妹都市の所以をその風が教えてくれる。

ここに立って韓国と日本のことを思う。お互いの関係を川に例えれば、川の浅瀬では水は波立つ、岩があればざわめきもする。しかし、その深い所の流れは、ゆったりと豊かで変わらないと。遥かな歴史の記憶を心の重石として生きる姿勢があっていい。

「その場に立って風に吹かれてみたらそのことがよくわかる」（風の旅より）

（2016年8月）

秋刀魚の思い出

あはれ　秋風よ／情《こころ》あらば伝へてよ
男ありて／今日の夕餉に　ひとり
さんまを食《くら》ひて／思ひにふける　と。
〈佐藤春夫「秋刀魚の歌」より〉

秋刀魚は、一人で食べるようなものではない。夫なきあと、独りぐらしの食事づくりは秋刀魚どころか、なべて疎かに生きてきた。自分が自分に文句を言うわけもなく「生きていりゃ、いいわ」と。

思い出の中の秋刀魚というと、庭に七輪を持ち出して焼いていた日もあった。いつも厳しい家計のやりくりがあったので、脂ののった安い秋刀魚はほんとにありがたかった。

食べざかりの男子2人をかかえる家の賄いはそれなりに苦労した。何よりもお酒好きな夫の肴には悩まされた。その上、ひと頃、貧しいわが家に来客が絶えなかったのだ。息子たちに加えて、これまた食欲旺盛な夫の教え子たちがやって来て、食堂さながらの時もあった。

ある時は「ただいま」の挨拶がわりに、「何かおいしいものを頼む」と玄関で叫ぶ夫の声があり、料理屋でもあるまいに、と思う間もなしに玄関に靴が並ぶ始末。下手な私の料理なのに酒宴は盛

りあがり、「もっと何かあるだろう」とか。あの頃は〝おもてなし帳〟まで作って努力したのだった。若かった。

いま、私は再び厨房に立つ。食事づくりは家族あってのものなのだろう。このたびは離乳食から始まり、幼児、壮年、老人食と力を入れたいところだがその腕がない。折りも折、関わっている施設が「わたしの幸せごはん」という障害のある人や高齢者の介護食をまとめた本を発刊した。「食べることはいのちを支える源」であり、その食事を作ることは「人の心を作る」こととある。環境にもからだにも優しく、心の宿る食事123品の写真とレシピが紹介されている。いまの私にとって、これほどありがたい本はない。

つつましい家計に変わりはないが、時間には少しゆとりが出て来た。手間をかけることはいとわない。幼い孫のため食べやすくすることは必須で、薄く細かく刻んだり、繊維をたたいたり、下ゆでしたり、裏包丁で切り目を入れたり——と、つまるところ目に見えないところに力を注ぐことになる。

いのちを育むなんて大仰には言いたくないが。料理だけでなく季節の行事も気になる。さしずめ、今月は中秋の名月、お月見団子をお供えしましょう。お彼岸には、つぶあんのおはぎも作りましょう、ひと冬越して堅くなった小豆はこしあんでぼた餅にしましょうか——孫を相手に心はずむこの頃である。何のことはない。食事づくりは自分のいのち育てにつながっていたのだ。

さんまの味さんまの歌と蘇り　福永幸二

（2016年9月）

吾《われ》日に吾が身を三省す

年々や同じところに同じ蟲　高浜虚子

ふと気がつくと、いつもの所からこおろぎの声が聞こえない。例年、今時分は台所のどこか涼しげな声がしていたのに。夜半に鳴きはじめ、朝床下に日が差し込む頃、また思いだしたように鳴いていたこおろぎたち。

昨年、わが家は50年来の住まいをリフォームした。その際、簡素をうたい文句にしていたので、勝手口も省いてしまった。長く慣れ親しんだものや愛着のあるものも思い切って整理する、いわゆる断捨離である。思いのほか、それはそれはの心痛であった。が、その心痛のなかで床下のこおろぎを思いやることはなかった。

論語に「曽子曰く、吾日に吾が身を三省す」という文がある。孔子の弟子の曽子が、私は毎日自身を三省、つまりたびたび省みていますということだが、「省」という字は「省く」と同時に「反省」するという意味がある。それもただ振り返って反省するだけではなく、良いところを残し悪いところを省いていくことだと。省みると私はすでに、なれ親しんだこおろぎを省いてしまっていた。

官庁の「省」、すなわち、外務省、文科省、厚労省などの「省」とつくのは社会の変化発展に伴って複雑になる仕組みを省いたり、変えたりの意味合いがあるのだとか。それにしても最近の事務書類は減るどころか増えている。私が年老いて理解力が落ちたからか、難しいことが多くなった。いずれにしてもあふれる物や情報の世界にあって、「省」という働きは大切だと思う。

俳句の五七五にはいつも感嘆する。長い文よりも17文字のほうが生命力があり、エネルギーを感じる。先頃行われた伊勢志摩サミットは、伊勢神宮を舞台とした。招待国日本の「これが日本です」と差し出したのは荘厳で凛とした日本の空気である。宇治橋から内宮までの道はただ簡素。ゆえに玉砂利を踏む音、木立を吹く風を届け得たと思う。精神性を届けるのは難しい。

「省」の字は、日々の暮らしのなかにも生かしていきたい。それはしぐさや行動のなかでも、たとえば皆がおしゃべりしている時、少し黙っているとか、約束の時間には自分の都合を少しカットして早めを心掛ける、あるいは「お先にどうぞ」と譲る姿勢とか、あたり前すぎる小さなことではあるけれど、「省」があって新しい境地や新たな発想に出会えるというものではないか。

簡素を旨とした家にあって、自分の部屋は小さくなった。物は少なくなった。そのマイスペースが新しいエネルギーのよりどころ。そういえば、今年からこおろぎは庭に出てきく。集《すだ》く虫にかこまれている。リーンリーンは鈴虫か、チンチンと鉦《かね》叩き、チョンギースはきりぎりすか。

すいっちょのちょというまでの間のありし　下田実花《しもだじっか》

（２０１６年10月）

目とヘソ

おぼえておきたいことは／忘れてしまい
忘れてしまいたいことは／決して忘れられず
にくらしいけれど／私のこころ
（星野富弘）

平成元年11月1日、この日はいまもって忘れられない。当時、私は県立障害児教育センターの所長だった。その年、全国大会の担当県であり、この日はその初日。各県の知事、教育長、研究所長、医療関係者等々３００人の集まる大会である。これに向けて数年前から準備をして来た。

会場はロイヤルホテル鳳凰の間。知事出席となると開会行事はタイトな時間設定で、開会宣言1分、会長挨拶３分、知事挨拶３分、祝辞３分という具合だ。会長の私はその３分にむけ原稿を書き、暗記をして、この日に臨んでいた。開会式の朝、緊張に押し潰されそうな心を隠し、平静を装いロビーで新聞を読んでいた。

「時間です」の声。おもむろに新聞を置き会場へ。そして会長席に着席。「ただいまから」の開会のことば、追いかけて「会長挨拶」ときた。壇上にあがり「みなさん、おはようございます」「…」（あれっ、セリフが出てこない）。頭の中は真っ白。暗記して来たことばが消えている。壇上の机のデジタル時計が数字を減じていく。無情にもパタッパタッと時間が減る。

とにかく何か言わねば…。唐突に「みなさん、今朝の新聞をお読みになりましたか」と。何のことはない、先ほど自分がやっていたことではないか。ところが、この言葉に会場はざわめいた。各県のトップの集まりとあって「新聞見たか」「何かあったのか」、会場はさながら稲穂が揺れるごとくになる。私の焦りは頂点に達した。

「今朝の新聞に、東大寺南大門の仁王様が解体されたとありました」。会場は〝なあんや〟と落ち着く。「あの仁王様は、運慶・湛慶親子の作と言われていましたが、実は父運慶は作らなかったのであります」。ますます〝なあんや〟。「では父運慶は何をしたか。目とヘソを入れたのであります」。「目とヘソ」と力んだところで私の言葉は切れた。つまり新聞の大見出しの字が終わったのだ。

頭にゆっくりと血が還ってきた。机の時計は残り30秒を示していた。「目は心の窓、心は教育によって育まれます。ヘソは人間の原点、医療によって産み出されます。教育と医療の接点はこの身体にあります。この3日間の大会の無事を祈って開会のことばと致します」。残り時間はゼロ。この大会のスローガンは〝教育と医療の接点を求めて〟であった。

その夜お風呂に入り、おヘソを見た。何の役割もしていないと思っていたおヘソ。これこそは生まれ出ずる時の母との絆。私の身体のど真ん中に黙っていつもあったのか。そのおヘソから母の声がした。「いくつになっても、あんたは愚かやねえ。でも母さんはあんたが死ぬまで一緒やからねぇ」（2016年11月）

光陰矢のごとし

「コーイン　ヤノゴトシ」

保育園から帰って来た3歳の孫が、部屋を駆けつつ声を張りあげる。〈光陰矢のごとし〉と。さらに「トンデヒニイルナツノムシ」「ナキッツラニハチ」。あるリズムにのって声の調子をあげるので、家中にその声は響きわたる。保育園では、このところこうした短いことわざを教えているようだ。意味がわかる、わからない以前に身体に染みこませているのだろう。それはそれで面白く、私の関わりあう筋合いではない。と思いつつ、「コーイン　ヤノゴトシ」の声はやたら耳にのこり、胸を射る。慌ただしい年の瀬にあってこの一年が矢のごとく突き刺さってくる。

子育て、医療、景気、働き方、移民、難民、ＥＵ、ＴＰＰ等々。日本という島国が内外の荒波にさらされていること多々あり、また、数年後に迫る五輪もあるのだ。その上、ここ数年の気象変化の厳しさは何としたことか。春のさなかの熊本地震、秋の日々を駆け抜けた台風の数々。人間の力ではどうしようもない大きな存在に打ちのめされる。

折も折、「鎮守の森」という懐かしい響きを耳にし、大阪木材連合主催の「鎮守の森に学ぶ」市民フォーラムに参加した。東日本大震災の猛威に耐え、人々の生命を守ったのは鎮守の森だったこと、人々が忘れかけている先祖の思い出、伝承、伝統、文化の灯を守り続けているのも、ば

らばらになりつつある家族、地域を繋ぎとめているのも鎮守の森だと教えられた。持続可能な社会にむけ次世代を育てる生き方を求める、木を中心にしたフォーラムだった。

期せずして、昨年我が家を改装した際、外観も内装も木で覆った。柱は松、床は東北樺桜、建具は杉、栂《とが》、楢《なら》。家の中にいる限り、肌に木のぬくもりと香りに包まれるようにと配慮した。孫の這い這いヨチヨチに、大人は素足に、足の裏から自然を感じられるように、と。木の命が心を育て、自然の声が聞ける子に育ってほしいと願う。

人は自然に生かされている存在だし、所詮、自分とは「自」然の「分」身であることをその小さな身体に染みこませてほしい。かつて教えていた肢体不自由の子のことを思い出す。歩けない子が廊下を這いずりながら床の木に話しかけていた姿。吉野杉の淡紅色の肌目、年輪の模様に頬をすり寄せて「どこの山からやって来たの」「どうやって来たの」と。

一瞬、不覚にもかたじけなさに涙こぼるる思いがした。自然と一体になり、いのちの内側から関わりあう姿がそこにあった。その子はクリスマスにも言った。

「先生、クリスマスツリーの電気消してあげてね。木が眠れないから」

再びいま、孫の声が一段と高く、耳に響く。

「オータコニ、オシエラレ」

なるほど、負うた子に教えられたか。ひたすら成長する若いいのちの息吹きが、年の瀬の空気を払ってくれた。（２０１６年12月）

Ⅱ

成人の日を迎える孫に

この年、次男一家の一粒種である孫娘が成人の日を迎える。お宮参りだの七五三だのと4人の祖父母が相集って祝った日はつい昨日のことだ。高校入試や大学受験と続いた頃には、もう口出しも手出しもできず、ただただ息をひそめていた。

その孫がいまや成人式を迎えるというではないか。成人式にむけてその日の晴れ着や装いを夫婦で相談する姿。ふとわが息子が、一人前の父親をやっているのを感慨ひとしおで見る。

ゆづり葉の茎も紅さすあした哉　（園女）

正月飾りの楪《ゆずりは》は、交譲葉《ゆずりは》とも親子草《おやこぐさ》とも書く。そのことば通り、新芽が出ると旧葉は落ちるのが自然の教え。

成人とは何か。大人になるのはどういうことかと改めて問う。「自らの行動や言動に責任をもつ人になる」と答えるが、さらに「人の苦しみが分かる人に」と付け加えたい。かつて市の社会教育委員をしていた頃、成人式の日は忙しかった。朝一番、体育館で催される一般の成人式に出席し、時間差で次の会場へと移動するのだ。

障害者の成人式にも出席していた。一足遅れで馳せ参じる成人式は感動的だった。色とりどりの振り袖の華やかさはないが、心に深く染みこむものがそこにはあった。式場内では車椅子や寝椅子の成人の子とその父母が数十人集い、一人ひとりの成長をスクリーンで映し出し、父母や兄弟がことばを添える。

――わが子に障害があることを医師から告げられた時、私の将来に対する漠然とした甘い計画がガラガラ音をたてて崩れ去り、私の人生はこれで終わったという恐ろしい思いに圧倒されました。わが子がダウン症と知ってから。

――いまから思うとただ悪い夢を見ているみたいな日々でした。勤務先と家との往復に車を運転しながら私はよく泣いていました。

――弟へ。俺が小学一年生の終わりの7歳の秋、お前は生まれた。7年ぶりの子供だし、俺にとっては待望の弟だったのでみんなで大騒ぎしたのを今でも覚えている。だけど弟よ、お前は――（略）――、こんな頼りない兄貴だけれど、生まれてきてくれてありがとう。そして成人式おめでとう。

人が生まれ来、育ち、成人の日を迎えることが、こんなにも重く深いものなのかを教えてくれた成人式は他にない。

孫よ、知ってほしい。「人の苦しみが分かる人になる」ということが、どんなにも難しく痛みを伴うものであるかということを。孫よ、この節目の日、自らの誕生がいかに恵まれたことであり、そして今日この日まで慈しみ育ててくれた父母への感謝は奥深いものであるということを。遠からず、あなたも人の子の親になるでしょうから。

孫よ、あらためて「成人」おめでとう。（２０１７年１月）

歩きながら考える

あるきながら　考える
急いで通りすぎた人の気付かなかった／野の花が見える
草が語りかける／私にふりそそぐ太陽の愛
走れなくて良かった／決して人の後を歩んでいるのではない
前へ　前へ／我が歩みに心こめて悔いなく

毎夜、冷たいコルセットをはずす時、今日一日の無事を感謝する。もし満足な足を持ちあわせていたなら、私自身つまらぬ人生を歩んでいたのではないかと。決してあきらめではない。これからも精一杯生きたい。動かない足であることに喜びを感じて――。

これは、障害者古林泰子さんの詩とことばである。

今、2歳になる孫との散歩は、あえて田んぼの畦道を選ぶ。でこぼこではあるが草の道が残っている。やっと小走りが出来はじめた孫は、足元を確かめることもなく走っては転び、転んではまた走ることに余念がない。

そこには転んだ者だけが知る下萌えの自然がある。春浅く草の芽は土に萌え出て、冬枯れとばかり思っていた地面のあちこちがにぎわっている。目をこらすと色合いも優しくみずみずしい緑。

そんな春の草は名も知れぬ雑草と呼ばれているのだが、その雑草こそはさまざまなことにチャレンジする逞しさを根底に秘めているように思う。

先頃、神戸市内のある団地で、「あいさつしないように決めてください」という提案が、小学生の親からあがったという。その団地では前々から「知らない人にあいさつされたら逃げるように」と教えているとか。子供の連れ去り事件があいさつの声かけをきっかけに起こることを心配しているからだという。そうしたあげくに今回の「敷地内での挨拶を禁ず」の取り決めになったらしい。危険回避を優先するがゆえにあいさつをしない、というこの展開には妙な違和感がぬぐい切れない。まったく次元の違うことが論じられているような気がするのである。

2歳の孫は、このところあいさつが大のお気に入りことばだ。「チハ（こんにちは）」「バイバイ（さようなら）」と出会う人ごとに声をあげる。やっと、家からおそとに出掛けた子の歓びの声であり、心をひらいて相手に関わっていく姿勢だと思う。「あいさつ」抜きの子育ては出来ない。まず子供の目を見て、笑顔で受け入れることで子供は安心感を持つ。

草の道をあえて選んで歩くのは幼い者への贈りものだ。泥にまみれて生きてほしい。逞しくひたむきに生きる人になってほしい。小さな背中にそっと願う。

春草に伏し枯草をつけて立つ　西東三鬼

（2017年2月）

春を呼ぶお水取り

荒行の僧に降る火や修二会　水茎春雨《みずぐきしゅんう》

奈良には「お水取りがすむと春がくる」ということばがある。お水取りの正しい言い方は東大寺修二会《しゅにえ》という。東大寺二月堂の本堂と回廊を籠松明《かごたいまつ》が駆けぬける行法は2週間にわたって行われる。闇の中、勢いよく空に舞う火の粉や籠りの僧の沓《くつ》音のパタンパタンと内陣に響く様は、祈りの行というにしては激しいもの。

何とこの行は8世紀中葉から今にいたるまで一度も絶えることなく行われているとか。ちなみに今年は1266回目を迎える。その行の一端に触れているという感激と昂奮は他では得がたいものだ。ご縁なのだろう。最初の職場が東大寺ゆかりの肢体不自由児施設で、それも東大寺境内にあったので、お水取りにはよく足を運んだ。

ある年はお松明《おたいまつ》、次の年は真夜中の達陀《だったん》と、よくもまあ通ったもの。今にして思うことだが、あの頃は20代、若かった。変わらず今も奈良に住んではいるが、このところとんと足が向いていない。今年は知人のお坊様が練行衆《れんぎょうしゅう》として行に加わっていると知りながらも、夜の寒さをおしての外出は気が重い。

私はいつの間にか身も心も老いて来ている。そんな折、年明けそうそうの新聞に「75歳以上を高齢者」という提言が発表されていた。従来高齢者とは65歳以上を称していたが、医療や生活環境の改善により以前に比べて身体の動きや知的能力など5～10歳は若返っていると判断してのことらしい。この提言はうれしかった。

何がうれしいかというと、老人ということばが身の上に冠されるのが10年先に延ばされたこと。そのことにより統計上人口に占める老人の割合が13％になるという。今まで3人に1人が高齢者と言われていた時は重苦しかった。数字だけではなく意識も変わる。65歳以上を「支えられる側」とすると、社会保障や雇用にも関わってくるが、提言の示すところは、その年代はまだまだ社会参加の年代であり、仕事やボランティアという「社会の支え手」なのだという捉え方だ。

これは社会全体の意識が明るくなる。高齢者である私も、今一度背筋をピンと張りたくなる。昨年末、厚生労働省が人口動態統計の推計を発表していた。年間出生数が100万人を割り、少子化はこの先一段と深刻になるという。悲しんでばかりもいられない。少子化の中で高齢期をむかえた者として、せめて意識だけでもシャンとしていたい。

あの達陀の激しく打ちならす沓の音は、いつの世にも懸命に生きていけよと、心を引きたてて来た音であろう。春を呼ぶお水取りである。

二月堂に籠りて
水とりや氷の僧の沓の音　（芭蕉）

（2017年3月）

汗水流して仕事したい

ぼくらは　仕事したいのに／ぼくらには　仕事がない
ぼくらだって／いっぺんでいいから
汗水流して　仕事がしたい
汗水流して　仕事をしたい
（信濃整肢療育園　K・T）

4月、はじめての学校、入学、進級、新しい職場等々、希望に胸たかまる季節になった。私の思い出の中の4月に、いわゆる就職氷河期といわれた年がある。大学を卒業したけれども働く所がなかった。夕方、駅に行っては働きおえた人たちが電車から降り、家路を急ぐ姿がうらやましくて泣いていた。「仕事をしたい」のに「仕事がない」という経験はつらかった。障害児の悔しい思いは一層である。この子たちと共に生きて、一貫して取り組んだのは居場所と生き甲斐の場づくりだった。

昨年9月、夢が実って「Ｇｏｏｄ・ｊｏｂセンター」が開設された。障害児のアートを生かし、デザイナーやクリエイターとの連携の中で、いわゆる〝べっぴん〟の施設が竣工。うれしかった。ここで障害児のほんの一握りとはいえ「仕事をしたい」の思いに応えていけると——。

幼い日から知っているM君がメンバーの一員として就職した。M君は大学卒である。書道、華道とおよそ道とつくものを身につけ相当の力量もある。が、苦手なことがあった。微妙な人間関係や場の空気を読むことができない。それ故に今まで職に就けないで来た。

この職場は童謡〝すずめの学校〟さながら〝誰が生徒か先生か〟の形でメンバーとスタッフの壁が低い。職が決まってからお母さんの話によると「今日の帰りは？」と聞くと、「仕事があるからね」と厳しく答えるその声に彼の誇りと喜びがあふれているとか。

「生きる」「生きている」とはこういうことかと聞いていて幸せになる。

幸せ続きなことに、センターのオープンから2カ月後、「グッド」つながりの奇縁か、経済産業大臣賞「グッドデザイン金賞」を受賞した。全国４０８５件の応募から19件受賞の栄誉だった。いわゆる「べっぴん」のプロジェクトに対する賞である。審査委員の言葉に〝相模原での痛ましい殺傷事件にみる障害者の労働が単純作業、低賃金の良好でない状況に一石を投じた〟との賞賛があった。

たしかに障害の重さとは裏腹に彼らの生み出す美しい色・形には目を見張る。それを生活商品に、また芸術作品に高める、分野を超えた挑戦が加わる。パラリンピックの言葉に「失われたものを数えるな。残されたものを最大限に生かせ」。

思うにこの言葉は高齢になり「あれもできない、これもできない」の愚痴つづきの私にむけられたかと思う。福祉に関わって来た人生と思っていたが何の事はない自分のことをしていたのか。

（２０１７年４月）

五月の風に吹かれながら

五月という言葉のひびきがうれしい。庭の木蓮の新緑が光をいっぱいに受けて、部屋中が緑色になる。すべての生命がよろこぶ季節である。

4歳の孫が食後、背丈を計ってくれとせがむ。毎日のことなのだが、「びっくりしたなぁ、毎日大きくなるんやね」と仮の印を柱につけていく。柱の傷は気のせいか、だんだん伸びている。

先日、「みやざき中央新聞」の中に心に残る話が載っていた。

――老いた母親を有料老人ホームに入所させたある女性。面会に行くと母親の爪が伸びていた。自分で切ってもよかったのだが、ホームが気付いてくれることを期待して何も言わずに帰った。数日後、面会に行くとさらに爪が伸びていた。次の面会も。次も。

女性は根負けして職員に爪切りを借りた。職員はニコニコしながら貸してくれた。その笑顔が女性をさらに悲しくさせた。「入所者の爪が伸びていることに気付かない」。後日、女性は母親を別のホームに移した…。

もう一つ。シングルマザーの話だ。その女性は25歳で結婚し、2年後に男児を出産。息子が1歳を迎える前に夫を病で失くした。女性は息子を保育所に託さざるを得ず、泣き叫ぶ声を背に働きに出た。仕事と育児の厳しさに崩れそうになる中、辛くも支えられたのは、息子の担任の先生

の明るさだった。

自分と同じ年の先生を〝ひまわり先生〟と呼び、その明るさに励まされたという。そんな中で5年が過ぎた。ある日、彼女はとんでもないことに気がついた。「この5年間、自分は一度も息子の爪を切ったことがない」。息子に聞くと「ひまわり先生が切ってくれてるよ」と。

この二つの話は考えさせられ、胸にひびきお腹にこたえた。「気付く」「気付いたら黙ってする」、これがプロのセンスだと記事は結んでいた。思うにプロとアマを問わず、人間が生きていく時の大事な心の姿勢だと思う。

先の保育園の先生が、ご自身も幼い時に父を亡くしていた方だと後で知るが、生い立ちの貧しさや苦労は、かえって豊かな心を育んでくれていることがある。他人《ひと》の身になってみることができるから。

しかし、人間はいくつになっても未熟である。私も「気付かず」に知らぬ間に人を悲しませていたこともあったろう。「気付く」ことと「気付いたら黙ってする」こととの大切さを心にしっかり刻んで生きていこう。

そして今日、五月の風に吹かれながら思う。

「健康で風に吹かれながら／生きていることのなつかしさに／ふと胸が熱くなる。そしてなぜ胸が熱くなるのか／黙っていてもふたりにはわかるのであってほしい」（吉野弘の詩『祝婚歌』より）

（２０１７年５月）

晴耕雨読のよろこびを

木蓮の大ぶりな葉に降り溜まった雨が、ぽとぽとと落ちる。こんな日は読書をして降りこめられていようと思う。家族が留守なのも心が落ち着く。

かつて私は、家から数分のところに借地をして野菜を作っていた。水やりに追われ、草取りに追われ、あげくに虫に食われ、鳥に啄《ついば》まれて散々な出来だったが、退職後の夫と私の20年にもなる労作の菜園だった。夫が亡くなってから途端にやる気も失せ梅雨を機に止めてしまった。誰に食べてもらう当てもない野菜作りはむなしかった。

何しろ、ずぶの素人の畑仕事は鍬の一振り一振りに声を添えてまでの奮闘で、それはまた滑稽そのものだった。「智に働けば角が立つ。情に掉させば流される。意地を通せば窮屈だ」と言って一鍬、「とかく人の世は住みにくい。住みにくい世であれば住みよくせねばならない」と一鍬、という具合である。

幸い、まわりは田んぼばかりで人影もない。口走ることばは思いつき次第の何でもよい。リズムとテンポに乗せて自分で自分を励まし調子にのせる。そのうち疲れてくると畦に座りこみ、吐息と共に口ずさむ。「わたしのまちがいだった／わたしのまちがいだった／こうして草にすわればそれがよくわかる」と、八木重吉の詩もとびだした。その声出しが、意外にも脳のトレーニングになっているという本に最近出合った。

『速音読』（斉藤孝著）である。表紙に〝楽しみながら一分で脳を鍛える。認知症予防にもおすすめ〟とある。一分で読める程の短文が55編、名作の冒頭やクライマックスの名文などが編せられている。

例えば、夏目漱石の『坊ちゃん』、福澤諭吉の『学問のすすめ』、芥川龍之介の『鼻』、宮沢賢治の『銀河鉄道の夜』とか、『徒然草』『枕草子』『源氏物語』等々の古典も。畑作業の苦しまぎれに口にしていた漱石の『草枕』もこの本に取り上げられている。覚えているようで忘れていたことばに出合うと懐かしい。記憶ちがいや間違いを今にして学ぶのは楽しいもの。

最近耳にした「認知症社会」という怖いことば。２０２５年には認知症の人が１３００万人にもなるとか、孤独死も止むなしとか、救いようのない時代を生きてはいるが、速音読の中に救いはあるという。

声にだして日本の先人たちの名文を読めば身体と心が爽快になる。そして先人達の豊かな情感が心を耕してくれる。かつて土を耕す時に励ましてくれた名文が、今にして、晴耕雨読のよろこびを生きている。

木蓮の風うけてものいふごとし　　正木不如丘《まさきふじょきゅう》

（２０１７年６月）

いのちなりけり

玄関の下駄箱の上の虫籠はテントウ虫、カタツムリ、トンボと日替わりでにぎやかだ。去年の夏からは金魚鉢も加わった。地蔵盆の縁日で、孫がすくいあげた小さな赤い金魚と黒いデメ金。おっとりした孫の手にかかった位だからよっぽどとんまな金魚だと家中が可愛がった。

父である息子は、高校時代、生物部長とあって金魚草を入れ酸素をおくる水槽を用意した。水換えや底砂の掃除、エサやりと家中で世話をしていた。にもかかわらず、暖かくなる頃、水カビ病とかで金魚は弱っていった。息子は金魚用の薬を求めて来たけれど、ある朝、金魚はポッカリと浮いてしまった。

金魚が家に来て10カ月。孫たちの哀しむこと。庭先の土に埋めることになった。小さな掌に鎮まった金魚のむくろ。4歳の孫は土の上に金魚を置こうとはしない。傍らのアジサイの葉っぱを下に敷きそっと寝かせた。しばらくためらってまた1枚、むくろの上に。緑の葉に包まれて赤い金魚は葬られた。ツーンと鼻の奥に走るものがあった。

1年前の7月末、相模原の障害者施設で19人の命が奪われる事件があった。逮捕された男は言った。「障害者なんていなくなればいい」と。「障害者は不幸を作ることしかできない」とも。また言った「その親たちも死んだ方がいいと思っている」と。

ふざけるんじゃない。ふざけるんじゃない。忘れもしない。その親たちのよんだ歌。

　ながいきは更に願わず　この子より一日ながく　生きておりたし

生まれてきた長男の両足に障害があると分かった歌人・島田修三はこう詠んでいる。

　誰よりも永生きをせん　病める子に語らねばならぬこと　多く持てば

親の思いは深い。親ならずとも、彼らに関わったものはままならない身体の奥から聞こえて来るかすかな生命のサインを見逃すまいと思うもの。その指先に、ふるえるまぶたに生命のぬくもりを感じるもの。男は元職員だと聞いた。誰をあざむくこともなく、誰をおとしめることはない彼らに関わりながら、何故に刃を向けていったのか。

重症心身障害児親の会の綱領は謳っている。「最も弱いものをひとりももれなく守る」と。人は誰しも生病老死から逃れられない宿命を負い、かてて加えて自然の前に無力なのに、刃とは。生きたくて生きられなかった無念さを思う。

玄関の虫籠に今日はシジミチョウが数匹。明日の朝には庭に放つことを父親に言い含められている孫。小さないのちが、もう一つの生命を思いやっている。

　年たけてまた越ゆべしと思いきや　いのちなりけり小夜の中山　　西行

（2017年7月）

ひたすら秋を待ちながら

ともかくも落ちつきおれば暑からず　　高浜虚子

10年前の日記の中に、気温36度になり外出先で自転車がパンクしたと記している。２００７年の極暑は記録的だった。２０１３年には41度を超える日が出て来て猛暑日がつづいたとある。誰のことばだか「暑さ寒さも彼岸まで」は昔のこと、「まともな暑さ寒さは20世紀まで」と。

21世紀の夏は、放っておいたら体を壊す暑さになってしまった。昨年の夏は8月15日からの一週間に全国で５４４０人が熱中症で救急搬送されていた。日本だけではない。インドは２０００人、パキスタンでは３０００人の死者が出ている。

異常気象ということばが使われだして久しい。キリマンジャロの雪が解け、南極やグリーンランドの永久凍土が減っていく恐ろしい映像を見た。「不都合な真実」という元米副大統領のアル・ゴア氏が製作したドキュメンタリー映画だった。

２０１５年にはオバマ前米大統領が生みの親となって、１９５カ国が参加する温暖化対策の国際的枠組みである「パリ協定」ができた。化石燃料の使用を控えて二酸化炭素の排出を減らそう、各国が削減目標をたて取り組もう、全ては次なる世代、未来にむけて、今生きている者のするべきこと、今世紀一の問題だからと。

地球人の一員として「パリ協定」から脱退はしないと思う時、ささやかながら暮らしに工夫と努力がいる。

一家5人の食事のことあれこれ。猛暑を健康に乗り切る献立。「お汁、お汁《つゆ》」と2歳の孫の三杯汁には、ネバネバ野菜を取り入れる。オクラ、自然薯、レンコンのすりおろし。これは冷えを防いで身体の芯を温める。4歳ながら、おつまみ風が好きな孫には夏野菜のピクルスを。キュウリ、トマト、ニンジン、ゴーヤ、タマネギ、ニンニクをお酢に漬け込んで常備、ハッとする酸っぱさ、ほのかな甘味が幼い者の口に合うから不思議だ。暑くて食欲の落ちた大人には冷やしたスダチのそばをどうぞ。手間ひまだけは惜しむまい。

孫たちとの同居を機に新調した麻の蚊帳は、藍色から白になるぼかし仕様。一年ぶりに拡げたらプーンと匂うその向こうに幼かった日の故郷が立ち上る。

工夫はするがクーラーなしではない。息子は朝顔とゴーヤの蔓《つる》ものを植えて部屋の外にグリーンカーテンを張る。葦戸《よしど》はないが青すだれとしては上等だ。熱気を避け涼風をくれる。わが家の心ばかりの温暖化防止の努力のあと。ひたすら秋を待つばかり。

蚊帳吊って住みわかるるか一つ家に　　石田波郷《はきょう》

（2017年8月）

よく生き、よく老いる

朝の家事が一段落、テレビの前に座るやいきなり、「聖路加病院名誉院長の日野原重明さん、けさ6時33分、呼吸不全のため死去。105歳」の一報。驚きと共にするすると一年前の記憶がよみがえって来た。

それは本当はお断りしたかった、「元気に百歳」クラブ関西の代表になる羽目になり、その運動の提唱者が日野原先生と知り、必死な思いで神戸文化会館の講演会に出かけた日のこと。本でもCDでも存じ上げてはいたが、追い込まれた気持ちのまま会場の最前列に座し、一挙手一投足をも心と目に刻みつけたかった。

あの日の先生は舞台袖までは車椅子でお出でになったが、紹介が終わるや車椅子から立ち上がり、ご自身でマイクの前に立たれた。手に杖を持っていらしたが、一度も杖はお使いにならなかった。アメリカで心臓内科の医師である長男さんから「パパ、無理しないで」という言葉に応えての杖であったろうか。けれども開口一番、「私の声はよく聞こえますか」。続けて「皆さん、いのちが何故与えられたかを考えたことがありますか」と、まるで私に発せられた問いかとまがう心で息が苦しくなった――。

「これから後は、座って話します」に、ホッとした記憶がある。それから先生は1970年の「よど号ハイジャック」遭遇のことを話された。九死に一生を得た体験から「これからの人生は誰かのためにいのちを使う人生であり」「自分の持つ時間を人のために捧げること」「これを勇気をもって実行すると決意した」と、静かな口調だが語気は強かった。

ソクラテスの言葉を引用して、「ただ生きるだけではなく、よく生きることが大切です」。全身を堅くして聞いていた私のオロオロする心を汲みとるように、「鳥は飛び方を変えることができない。しかし、人間は生き方を変えることができるのです」

その時、先生は椅子の上で足を組みかえられた。瞬間だが演台真下の私の目を見て「あなたの時間にいのちを吹き込むのです」と。射すくめられたあの日の興奮が今も鮮明にある。

折も折、この週の初め、中東平和女性会議の旅から帰ったばかり。「旅の栞《しおり》」が手元にあった。僅か10日間の旅とはいえ、このプランがあって心構えや衣類の支度を整えることができた。

今、先生の死は私に一つの問いかけをする。人生における最大・最長の旅（死出の旅）についてプランを持っているかと。

先生は「死出の旅」のプランをあの日話されていた。あのハイジャックの機内で手にした「カラマーゾフの兄弟」の本の扉のことばがそれであったと今わかる。

一粒の麦が地に落ちて死ななければ、それはただ一粒のままである。

しかし、もし死んだなら、豊かに実を結ぶようになる。（ヨハネによる福音書）

敬老の日が近い。よく生き、よく老いたい。（２０１７年９月）

食卓に座ると

曼珠沙華忘れゐるとも野に赤し　野沢節子

早朝秋の気配がうれしくて、庭に出ると唐突に1本曼珠沙華が咲いていた。例年3本咲くことは知っていたが、昨年末、新しい庭師さんが手を入れたこともあり、場所を変えていた。

たのしみは朝おきいでて昨日まで無かりし花の咲ける見る時

平成6年、天皇皇后両陛下がアメリカ訪問の折、時の大統領ビル・クリントンが歓迎の挨拶の中で「私は橘曙覧《たちばなのあけみ》という歌人が好きです」と言って、この一首をスピーチしたとか。

200年も前の歌人の歌を外国の大統領が披露したことにも驚いたが、唐突さに驚く心境は国も時代も変わらないようだ。ついでに、この歌の出典を調べてみた。江戸時代末、越前の国で活躍した橘曙覧は「たのしみは…」で始まる52首の歌を「独楽吟《どくらくぎん》」に集めていた。暮らし向きは貧しいのだが何とも温かい歌ばかり。

たのしみは妻子《めこ》むつまじくうちつどい頭《かしら》ならべて物をくふ時

たのしみは空暖かにうちはれし春秋の日に出《い》でありく時

と続くが、特に食事の「たのしみは――」は心にしみる。

いつだったか、母が「こうやって家族そろって食事ができるって、とっても幸せなのよ」と言っ

たことがある。戦時中、召集、戦死、食糧難とどん底の日々だった。今の時代では信じられないが食卓の上に蒸《ふか》したさつま芋だけの時もあった。それでも「いただきます」と声をそろえていた。それはそれで幸せな日々だった。

戦争が激しくなると案の定、疎開で家を離れた小学4年、5年。中学になると家の没落のため祖父母の家に預けられた中学2年、3年。数えてみたら幼小中の12年間のうち三分の一は一家団欒の日を失っていた。

今、わが家は三世代同居の5人、うちつどい睦まじく食卓を囲む。「いただきます」「ごちそうさま」の挨拶の間に、それぞれが今日一日のあんなこと、こんなことを話し合う。何にもかえがたい幸せ。

以前、小学生のつぶやきを記録研究していた物の中に「食卓に座ると」というのがある。「食卓に座ると／お母さんが権力者になる／ぼくを叱るだけでなく／お父さんを叱る／おじいちゃんをないがしろにして／近所の悪口もいう。／ぼく食卓を叱る場や、人の悪口を言う場にしてほしくない。／そして、ぼくに褒めることがあったら／食卓の場で褒めてほしい」

今、私はしみじみとつぶやく。「家族が一つ屋根の下で食事ができる回数って案外少ないのよ」。

たのしみはまれに魚煮て児《こ》ら皆がうましうましといひて食う時　（独楽吟より）

（2017年10月）

浜までは海女も蓑着る時雨かな

夜は読まむ書ありて励む文化の日　　塩谷はつ枝

先日、ご近所の90歳になる方のお通夜に参列した。若い時にご主人を亡くされ、娘さん一家との暮らし、今や四世代同居である。亡くなる一カ月前にも畑仕事をなさっていて、お元気だとばかり思っていた。

お通夜には大勢の親族の方が集まり、殊にお孫さん、ひ孫さんの姿が多くにぎやかなお別れ会だった。幸せな一生だったのだなあと思った。このところ、いくたりかのお別れの場に出席したが、親族という立場の人がとても少ないことが多くなった。家族の歴史が途切れようとしているのかと心配と危機感を覚える。

そんな折、「未来の年表」（河合雅司著）を読んだ。副題―人口減少日本でこれから起きること―となっている。

少子高齢社会にあることは知っていたが、それで日本の未来がどう変わっていくかは、ほんとうには分かっていなかった。数十年後には東京を含めたすべての地で人口が減り、早晩日本が消えてなくなる、つまり日本という国家が成り立たなくなるというではないか。まさに「静かなる有事」であり、その「国難」の中に今あるというのだ。

どうやら今、私たちは世界史においても〝極めて特異な時代〟に生きているらしい。この「人口減少」「少子高齢化」を一挙に解決する魔法の杖などありはしない。2040年代初頭は日本社会にとって「最大のピンチ」の時という。団塊ジュニア世代（1970〜1974生）が70代となり、高齢者数がピークになる時期なのだ。

では、2017年の今年はどんな年か。「おばあちゃん大国」と言える年であり、日本人女性の3人に1人が高齢者であるという。そして当たり前ながら高齢者の高齢化は進むばかりなのだ。どうしたらいいのだろう。ここに一つの俳句を思い出す。

浜までは海女《あま》も蓑《みの》着る時雨《しぐれ》かな

江戸時代の俳人、滝瓢水《たきひょうすい》の句だ。海女はいずれ海に入る。時雨が降っていても「どうせ」濡れるのだから蓑など着る必要はない。それでも海女は海に着くまで濡れないようにと蓑を着る、という歌で、海女の慎みとたしなみ、人が忘れてはならない美しい心を詠んだ句である。

ちなみに「浜」を「死」と読み替えてみればどうだろう。人間誰でも遅かれ早かれ最後の時が来る。「国難」という大問題を自分の問題として捉える時、死ぬまではたとえわずかでも前へ前へ進もう。これまでより幾らかでもましな人間になろう。そして幸せな人生の中で生を終えたい。そこに至るまで精々生き生きと美しく生きていきたい。「どうせ」という言葉は、使わずに生きたいものと。

麗かに且つ爽やかに冬立ちぬ　相生垣瓜人

（2017年11月）

一年のおわりに

身辺や年暮れんとす些事大事　　松本たかし

「かつてない大変動」と言われるこの一年も暮れようとしている。アメリカのトランプ大統領就任、イギリスのEU離脱に端を発し、フランス、ドイツなどヨーロッパは大きく揺れた。わが国も南北朝鮮半島との関わりで混迷の一年になった。些事大事《さじ》、国内もいろいろあった。

そんな中、わが家の一年はまずは平穏な日々、おかげさまと感謝している。たぶん、幼い孫たちの成長が未来を運んでくるからだろうか。3歳や5歳の視線は低く、大地に近い。土の匂い、小さな草や虫、生きものとのふれあいが、生かされている存在を教えてくれるからか。人間の根っこを感じさせてくれているからか。

家の中の移動姿勢も低い。床あそびや片付けも、時に四つん這いになる。3歳の孫はすかさず「お馬パッカパッカ」と背中に乗って来て、たてがみならぬ髪の毛にしがみつく。私の頭は日頃ウイッグという代物なので「とらないで、とらないで」と叫ぶ。で、孫はウイッグのことを「とらないで」と覚えてしまった。何と幸せな混乱であることか。

このところ孫はものを分解することが面白いらしく、分解のあげく壊してしまい叱られることが多い。それでも懲りずにやっている姿を見て思うのは、不遜にも、山中少年の幼い日のこと。

少年とはあのノーベル賞受賞者、山中伸弥先生のことである。

どういうご縁か、わが家から近い奈良の地で幼少時代を過ごされた日がある。後に奈良先端科学技術大学院大学に助教授として着任された。そんな事もあってとても身近な思いがする。あの自然体で穏やかで温かいお人柄はこれぞ本物の偉い人と思わずにはいられない。テレビでも気取らない関西弁で話はオモロイのだ。

「走れ、ヤマナカシンヤ」とは、先生のｉＰＳ細胞研究基金のフリーダイヤル（０１２０８４０８７４８《ハシレヤマナカシンヤ》）で、自らが先頭に立ち広報活動としてマラソン大会に参加する。年間10億円かかる運営費のためという。

今やｉＰＳ細胞のニュースが流れない日はない。10月のニュースで兵庫県明石市に住む難病の方に新薬が提供された。筋肉が骨化する難病への取り組みである。多くの障害児とその親、そして治る見込みのなかった人たちに「生きる希望」の光が差し込んだのだ。この混迷の時代の中で、こんなにも確かな「希望」に出合えることは少ない。

人間の生きる喜びって何だろう。人の願いに応え、人に当てにされることではないか。〝走れ、山中先生〟と応援しながら、自らもその走りの列に加わりたいと願う。一年の締めくくりの月、心こめて生きていきたい。

一日もおろそかにならず古暦

我が生は淋しからずや日記買う　高浜虚子

（２０１７年12月）

女あるじとして生きる

粧へは老いし心の松の内　松尾静子

元旦、息子一家と新しい顔で挨拶を交わす。幼い日や若い日には改まった挨拶が苦手だったが、この歳になるともう逃げ隠れもならず、その役を果たしきろうと思っている。

正月の女あるじとして座る　山本登喜子

いつの間に私は女あるじになったのだろう。夫が亡くなってからなので、15年になる。自然の成り行きのようにみえるが決してそうではない。女あるじとして生きる覚悟ができたのは、あるきっかけがあった。

去年、会合で関西市民大学の元学長川上与志夫先生にお会いして思い出した。ナバホへの〝一人旅〟がきっかけだったと。いただいた名刺に「アメリカ先住民族伝統文化研究家」とあり、インディアンの服装と髪飾りをつけたお顔が印刷されていた。

そうだった。私は15年前の夏、世界遺産、国立公園グランドサークルをめぐる旅をしていたのだ。その年、関西市民大学は閉校の年であり、記念にナバホ旅行が川上先生の立案で企画された。何人かの希望者があったはずだが、蓋を開けてみると参加者は私一人。結局、取り止めになった。私は一人でも行こうと思った。

その年、私は夫を亡くしていた。一回り上の亡夫は学徒動員で青春を失っていた。戦いの中で特に悲劇や悪夢の経験をしたとは思えないが、アメリカには絶対行きたくないと頑なな人だった。〈今はその人もいない。アメリカに行こう。一人でも行く〉

川上先生の立案が私を後押ししてくれた。ロサンゼルスからラスベガスに飛び、そこから10日間、バスでナバホ自然公園を巡る。友人知人もなく外国人に交じっての一人旅。充分な英語が話せる訳でもない。幸い、大自然は言葉を必要としなかった。視界一杯の景色と身体の中を風が吹き通って行った日々。

旅の終わりにグランドキャニオンの夕陽が待っていた。あの雄大な岩山を染めて沈んで行く太陽。まわりのもの全てを朱色に染めて…。この時、私は全身朱色に染まりながら滂沱《ぼうだ》した。大パノラマのただ中、ただ一人で夫の死を受けとめ、一人で生きていく心決めをしていたのだ。女あるじを生きようと。

人は生きていく中で立ち止まって風の声を聞く時が必要なのかもしれない。大自然の中で言葉もない時間を過ごす日々が、その時はじめてこれから生きる方向がわかるということか。

自分が自分を引き受けて生きていく覚悟をくれたのは、自然であったし、人との出会いだった。

去年今年《こぞことし》しづかにとほき人の像　　　渡辺千枝子

（2018年1月）

お先にどうぞ

又一つ病身に添う春寒し　　　　松本たかし

「自未得度先度他《じみとくどせんどた》」。曹洞宗祖道元禅師の著書に出てくることば。意味は〝自分より先に他人を涅槃の彼岸に渡そうとする心〟で、つまり、自分の幸せより他人の幸せを先にする心だと教わった。おまじないの言葉のように覚えてしまったが、要は「お先にどうぞ」という心でもある。

先日、鬼の霍乱《かくらん》がわが身におきた。歩けなくなったのだ。その日早朝の新幹線で上京、就寝まである一日座位姿勢の日があり、翌朝歩こうとすると右足に痛みが走る。

「ん?」「なんてことない」と思いはするが歩けない。日頃健康だけが取り柄の私にして座っていただけで足が痛むなどということは、甘え以外の何ものでもない。「こんなもの」と思って歩こうとするが、痛い。一晩寝ればよくなろう。

しかし、翌朝も歩くと痛い。びっこをひき、机に支えられて食事の用意はするものの、あまりに哀れな母の姿に息子は「軽く考えると本当に歩けなくなるよ」と、医者嫌いの母の性質を知りつつ心配してくれる。

折も折、その夜は隣家のご主人のお通夜、欠礼は許されない。痛い足を引きずり参列。弔問の人たちの見守る中、びっこを引きつつやっとの思いでお焼香をすます。「どうしたの」「お医者に行ったの」と今度は近所の人たちから同情やら忠告のあらし。

そんなことで3日目にして、やっと診てもらうことになった。「膝に水が溜まっていますね」。心外だった。この年まで未だかつて膝に水が溜まるなんてことはなかった、初めてです」の言葉に医者は笑って「誰でも生まれた時から水が溜まっている人なんていませんからね」。

結局、膝の水を取り薬と湿布をもらって終った。完治には時間がかかり、ゆっくりしか歩けなくなった。

「じみとくどせんどた」

かくして私の「お先にどうぞ」の日々が始まった。スーパーのレジで、駅の改札口の前でと。ICカードをかざそうとした瞬間、反対側から改札機を目指して来る人の姿が見えると、さっと身を引き「どうぞお先に」と軽く目礼。エレベーターの出入りしかり、洗面所しかり、「どうぞどうぞ、お先にどうぞ」。自らの身が不自由になって初めての体験。しかし、実に心地よい気分なのだ。健康でどんどん動いていた時、こんな心遣いができたろうか。早く早くと自分が生きることに精一杯だった。

ゆとりの心を持つことでこんなにも多くの「ありがとう」「ごめんなさい」が聞ける。「アフターユー」「お先にどうぞ」を生きていこう。

何事もなくて春立つあした哉　井上士朗

（2018年2月）

親が子にのこすもの

3月1日高校の卒業式。高校の教師として職を了《お》えた夫が亡くなったのは3月1日。生徒の卒業式を祝って自らも旅立ったのか。突然の別れだった。15年前のことである。

連れ添って50年。今にして思うのは、もう少し料理上手な妻でありたかったということ。若い日、故郷の母はことあるごとに料理を教えようとしたが、学ぼうとしない自分がいた。それ故、結婚して母になってからの苦労は半端ではなかった。

今年5歳になる孫娘は、何かにつけて「お料理のお手伝いがしたいなあ」という。オーストリアの教育者ルドルフ・シュタイナーは〝子供が料理に関心を持ち始めるのは4～5歳で、それを過ぎると意欲は下がる〟と記している。

何しろ料理下手な私にとって毎日の食事の支度は一苦労なのだ。つい「あとでね」「今度ね」「またね」とやり過ごすことになる。

ところが、年の暮れから新年にかけて家人たちは仕事の都合で留守となり、台所に立つことになったのは私と5歳の孫娘。「お手伝いしてね」に張り切ったのは言うまでのない。三角巾にエプロン姿のいでたちにはいつもの甘えん坊の片鱗もない。三つ重ねの重箱におせちを詰めるのが彼女の責任分担である。紅白かまぼこ、なると巻き、だて巻きと、まず切る作業に加えて、黒豆、

数の子、田作りなどを詰めていく。実に楽しそうでそれなりに美しい。

昨年「食卓から始まる生きる教育」のテーマで、「弁当の日」の提唱者・竹下和男氏の話を聞いたことを思い出す。

「もし突然に余命が3カ月と知らされたら、わが子に何を伝えたいですか。知人の奥さんは5歳の子を育てている時に、乳がんの再発、余命5カ月と知らされた。彼女はブログに『心残りがないよう死ななければなりません。今わが子にさせているのは洗濯、洗濯物干し、洗濯物たたみ、靴並べ、掃除、保育園の準備、自分の服の管理などなど。でも、肝心の台所仕事はまだ。それが私の課題』と書いた。それから彼女は亡くなるまで娘に教え続けた」

ああ、それは以前映画でみたあの「はなちゃんのみそ汁」の話ではないか——。今、孫が踏み台にのって懸命に包丁を使っている姿が映画のはなちゃんと一瞬重なる。

人生には予告なしの突然は常にあるのだ。その時、親が子に残すもの、それは日々の暮らしの中にある。みそ汁のように余りにも身近なものの中にある。

母と共に過ごした日々がそれ、いのちを生きる母の愛の思い出がそれ。帰宅した父母がお重のふたをあけ「わあ、おいしそう。ありがとう」と喜ぶ声がそれ。

泣いてゆく向ふに母や春の風　　中村汀女

（2018年3月）

花のご縁

咲き満ちてこぼるる花もなかりけり　高浜虚子

書斎のガラス戸いっぱいに満開の桜が広がっている。狭い庭の一角を築山にして、そこに桜の木が一本。樹齢はわずか50年余とはいえ、実に伸び伸びとかつ堂々としている。

庭木の中で樹齢がわかるのは唯一この桜だけ。というのは息子の小学校入学を記念して保育園同級生のお父さんが、自分宅とわが家にお揃いの苗木を植えてくださったからだ。当時は1メートルに満たないひょろりとした苗木で、後にそれはソメイヨシノと分かった。今は優に2階の屋根にとどく大木となった。

何とこの桜の花のご縁が思わぬ展開になろうとは。

この年のはじめ、ひさしく音信も絶えていた桜の木の贈り主から電話があり、息子の保育園時代の父母たちの集まりをしたい、ついてはその呼びかけ人になってほしいという。「今さら」と思いもするが、電話の主は「今だから」「いや今しか」と言いつのる。

このところ、世間では保育所不足や子育て問題が声高な時、50年前にあってよく乗り越えて来たものと、お互い語り合いたい。それも今を過ぎると体力気力もなくなるに違いないからと。この急《せ》き立つ気持ちは私とて同じだ。が、それにしても50年という歳月の隔たりは大きい。

お寺の境内にある保育園は今も変わりないが、園長先生は代替わりをし、保母の先生たちも当然転勤退職と問い合わせる術もない。当時幼かった、そして今働き盛りの息子に尋ねると、「よう覚えてるよ。力もちのター君、走るのが速いカーちゃん、かくれんぼの時一緒だった！」と立て板に水のごとき返答。懐かしさあふれるが名前はトンと覚えていない。無理もないか。

暗礁に乗りあげた頃、ある方からガリ版刷りの名簿が寄せられた。黄色く変色したザラ紙の綴じを手にすると、一気に50年前の日々が甦って来た。名簿には両親の氏名、職業、職場の電話等々、子をかこむ家や町、家族の情報が溢れている。かつて声をかけ合い、励まし合い、助け合った仲間の姿がみえる。

今の時代、こうした名簿はなくなった。個人情報、守秘義務のもと学校から職場から電話局からさえも消えてしまった。繋がりにくく、情の交わしにくい世の中になったものだ。この度、守秘義務を尊重しつつ問い合わせ、尋ね合わせて十数人が集まることになった。これでよしとしよう。わが庭の桜もまたこの集まりに連なることになった。贈り主側のお揃い桜はいつの間にか枯れて無いという。人にも木にも50年という歳月は流れていた。

せめて花のご縁を生かし、父母集う日の花の家になりたいと願った。

一花だに散らざる今の刻止まれ　林　翔

（2018年4月）

たとえお節介と言われようとも

殿村菟絲子《としこ》

鯉のぼりなき子ばかりが木にのぼる

林　翔

こどもの日小さくなりし靴いくつ

昭和23年に新しい祝祭日が定められ、5月5日の端午の節句を「こどもの日」とした。70年前、故郷の弟はその年に生まれた。鯉のぼりのない子だった。兄の鯉のぼりはあったが、それを立てる心の余裕は母になかった。

戦後、暮らし向きはもちろん心をも貧しくさせていた。さりとて子の幸せを願う親の思いは思い出の中に確かにある。お米にも事欠きながら、米の粉を少し練って楕円形にのばし、柏の葉で貝のようにはさんだ柏餅がそれ。

明治の父、大正の母、昭和の子、平成の孫と時代は移ろうと、子のすこやかな成長を願う親心に変わりはないと思っていた矢先、きょうも〝虐待により、また幼い命が失われた〟という報道。

児童虐待が後を絶たない。虐待は親や同居の大人という。どうなっているのか。報道によると、昨年1年間に全国の警察が児童相談所に虐待の疑いがあると通告した子供は6万人を超えたという。このものの豊かな時代に、何故心は貧しくなっていくのか。

子育ての中で殴る、蹴る、叩く、という身体の虐待は、された事もした事もない。閉じ込められ、放置された事もない。まして厳寒の冬に15年間も監禁され凍死したという話は想像を絶する。

愛里さん33歳は思春期から始まった精神疾患で暴れる状態の故に、広さ2畳のプレハブに二重扉で閉じ込められ施錠され、監視カメラで確認され、水は室外のタンクからチューブで飲み、体重は19キロになっていたとか。

人間の子育ての域を脱した父母のありように言葉も出ない。荒涼とした原野ならまだしも、寝屋川の民家と聞くと近所はなかったのか。友達はどうなっていたのか——。今の社会の冷たさが見えてくる。児童虐待は社会の繋がりの弱さと、いつの間にか劣化した人間性を指し示すバロメーターではないか。

先日のこと、夜更けて帰り、駅の駐輪場にたどり着いた。まばらに自転車があるだけで人影はない。その怒鳴り声は高い天井にこだましていた。「いい加減にしなさい。お母さんがどんなに恥かいたか。あんた分かってんのか。もう知らん。一人で帰りなさい」

暗さに慣れその声の方を見た。孫と同じ5～6歳の女の子が声もあげず直立不動していた。事態は分からないが、しばらくして「何かあったんですか」と歩みかけた私に「躾でやっているんですから放っておいて」と声が飛んで来た。

189《いちはやく》の通報には、勇気と決断が必要だった。その場に立ち、女の子と同じように怒鳴られ続けるお節介しかできなかった。たとえお節介と言われようとも。（2018年5月）

戦《いくさ》ないらぬ世よ肝に願て

6月23日は沖縄慰霊の日。日本最西端の沖縄県与那国島で暮らす小学1年生の安里有生《あざとゆうき》君（6歳）が追悼式で朗読した詩は「へいわってすてきだね」という詩だった。5年前のことである。

「へいわってなにかな。ぼくはかんがえたよ。おともだちとなかよし。かぞくがげんき。えがおであそぶ。ねこがわらう。おなかがいっぱい。やぎがのんびりあるいている。けんかしてもすぐなかなおり。へいわっていいね（略）」

今年3月の末、天皇、皇后両陛下は在任中最後の沖縄訪問をなさった。その最後の訪問地が与那国島であった。天皇陛下は84歳、皇后陛下は83歳でいらっしゃる。

若い日、私は学生寮で沖縄からの留学生と同室だった。稲嶺さんといった。その方からパスポートを見せてもらった。翌年、進学した所で、同期の与那城さんもパスポートを持っていた。２人に共通することは、とっても無口なことだった。

私がパスポートを取得して初めて行った外国は沖縄である。１９７１年、沖縄は未だ占領下にあった。訪ねて行った与那城さんの家は首里城近くの松川という所だった。首里城の辺りは戦いの跡が残り、土がむき出しのままで、土くれ続きの道を歩いた。

ふと、与那城さんは「この土には父母の血が染みこんでいると思う」とポツリと言った。沖縄の人の無口の向こうには深い悲しみがあったのだ。那覇の街も貧しかったし、貧乏学生の私も「ゾーチィ（雑炊）」を毎日屋台で食べていた。地上戦に続く占領、本土復帰までの沖縄には大変な苦労があった。

両陛下が最初に沖縄を訪ねられたのは、本土復帰から僅か3年後の昭和50年である。沖縄には、皇室に対する複雑な感情が渦巻いていた。当時、皇太子ご夫妻は「石をぶつけられても」と覚悟を決められていたが、慰霊碑「ひめゆりの塔」で事件は起こった。過激派が投げつけた火炎瓶はおふたりの足下から2メートルの所で火柱をあげた。

その時の様子をテレビで見たが、とっさに美智子妃殿下の右手が皇太子殿下をかばっていらした姿は、今も鮮明に私の心に焼き付いている。皇后様の常にみせるそのお姿は、弱い者、弱い立場にある者をいたわるお姿である。妻として、母として、一人の女性として気品あるお姿を示して下さっている。ありがたい国に生きていると素直に感謝する。

来年には「平成」が終わり、新しい元号になる。私たち国民の気持ちも、そして時代の空気も変わるだろう。今、この国は大きな節目にあると思う。この時だから陛下の詠まれた琉歌がなお心にしみる。

花よおしやげゆん　人知らぬ魂　戦ないらぬ世　肝に願て

（花をささげましょう。人知れず亡くなっていった多くの人々の魂に対して、戦争のない世を心から願って）

（２０１８年6月）

世の中の重荷おろして

過ぎ去ってみれば、よくもまあ半月間もの入院生活をしたもの。今年の5月連休は安静、点滴の一事につきた。1日3回、抗菌剤の点滴をするということは即入院というスタイルになる。蜂窩織炎《ほうかしきえん》が病名で足の小さな傷から菌が入り炎症をおこしたらしい。

時に菌が血管に入ると敗血症になり死に到ると知ると、不承不承の入院ではあるが、おとなしくもする。私の場合、その炎症は左足膝下に赤く腫れてあらわれた。それも一夜にして。発熱、だるさは5日ほどでおさまり、後は足の腫れの引くことを願って抗菌点滴をする。もったいないような時間を頂いてしまった。

その前頃から何かしら追われるような1カ月だった。関わっている福祉施設がグループホームを新設するとて、ようやく国の補助金が下りたのだ。悲願だっただけに後は建設が急がれる。何しろ大きな金額のやりとりは小市民の私には戸惑うこと緊張することしきり。分野違いの人との折衝は私の能力を超えていた。それらが遠因だったのか。

前日からの下痢と発熱をみて息子は「一度診てもらおう」となかば強引に車に乗せ受診した。即入院だった。「えっ、入院!」。当の本人が一番驚いた。「入院したら何としよう」、およそ見当外れの事を口にして不満がる母を憐れに思ったか、息子は週刊誌2誌を買って来てくれた。表紙を見ただけで読みたいとは思わなかった。好意を無にしてはとそれをタオルに包んで枕元から遠ざけた。

折りしも翌日、『ハーストーリー』が届いた。ああ、病室であなたに逢おうとは。なつかしさに胸があふれる。しばらくは表紙だけを見る。ドイツの山脈を越えて吹いて来る雪解けの冷やりとした風、匂い、光、深呼吸をする。点滴の手にも支えられるその重さのやさしさよ。「いい写真ですね」、入れかわり立ちかわる看護師さんがきっと口にする。目をとじると去年7月は中東平和女性会議でウィーンを訪れていた。ミュンヘン、ザルツブルグ、モーツァルトの生家……。

点滴をゆらして5月の風がいく。

1日1回のお見舞いがある。気配でわかるのは透き通った子供の声。「おばあちゃんは?」「シズカニ」「ねてるかな?」「シー」「おきてるかな」「シーシー」と。カーテンで仕切られた小さな病室は彼らのエネルギーを受け止め切れない。

「さわっちゃダメ」「シー、静かに」。連休の日盛りを遊びこんで来た子の身体のほてりが冷めると帰る時間。5分ともたない。帰り際、3歳の孫が「おしりプリプリ」をする。私が笑う。3歳の最大のお見舞いか。5歳はお見舞いの花に顔をうずめていたと思うや百合の花粉で「真っ赤なお鼻のトナカイさん」と笑わす。

笑いこそ生きる力ぞ。思うに三世代同居3年目、いろいろあるけれど、「よかった」ということか。

世の中の重荷をおろして昼寝かな　　正岡子規

（２０１８年７月）

愛によってのみ憎しみをこえる

城茂る終戦の日もかくありき　佐野まもる

「ぎょくおんほうそう」という言葉が村を駆けめぐったあの夏。昭和20年8月15日正午。疎開していた祖父母の家の前庭に50人ほどの村人が集まっていたろうか。

小学4年生の私もその中の一人だった。ノイズが多く難しい言葉がつづくラジオを全員が一心に見つめていた。それが「玉音放送」、天皇陛下のお声で、日本が戦争に負けたこと、そして戦争は終わったことを告げるものであったと後に知った。

最近、テレビで「火蛍《ほたる》の墓」を見た孫が「おばあちゃん、戦争のこと教えて」と言う。知らないわけではない。〝何を〟〝どこから〟〝どう話せばいいのか〟。もっと知りたいのは私であった。そんな折、『敗戦後日本を慈悲と勇気で支えた人―スリランカのジャヤワルダナ大統領』という本に出合った。

敗戦は大きな悲しみと被害、混乱に人々を落とし込んだ。幼い私にも貧乏とひもじさはつきまとっていた。しかし、根っこのところで人々は復興への希望と新しい国づくりへの夢を持っていたことにも気づく。

あの夏の日から6年目、ようやく平和国家として生きることを認めてもらう日が来た。サンフランシスコ講和会議である。前傾書の題名になった人は、この会議の冒頭に登場したのだ。セイロンという小さな島の若き代表者ジャヤワルダナ。彼の演説は後世に語り伝えられるものであった。

彼は、敗戦国日本への賠償金請求権を放棄すると宣言した。加えて恐れていた「日本分割案」もきっぱりと退けたのだった。その演説を貫いたものは「憎しみは憎しみによって消え去るものではなく、ただ愛によって消えるものである」という仏陀の慈悲の心であった。

講和会議はこの毅然として気高く、寛大な演説に心打たれたのだった。こうした講和会議を終えて日本は独立した自由な国の第一歩を踏み出していったのだ。「ジャヤワルダナ」、私はあなたのことを今まで知りませんでした。1978年、ジャヤワルダナ氏はスリランカ大統領になる。

偶然その年、私たち一家はスリランカを訪ねている。中学生の長男、小学生の次男を連れて、最初にして最後の海外旅行だった。スリランカはまだ貧しさの中にあった。宿泊したコロンボのホテルでのこと。私は日本人として、いや人間として恥ずかしいことをしてしまった。

夕食後、夫が青ざめて「一家4人のパスポートを入れたカバンがない」と。私は食堂に取って返した。私の心に食堂のスリランカ人を疑う心がなかったかと言えば嘘になる。何とパスポートはベッドから見つかった。

敗戦の日本を支えてくれた慈悲と勇気と礼節のスリランカ。ジャヤワルダナ氏に今深く詫びたい。（2018年8月）

#「ふたつよいこと さてないものよ」

なにがなしたのしきこころ九月来ぬ　日野草城

新聞に「ラン活」という太字を見た。「婚活」「妊活」「就活」と何でも縮めて言うこの頃。それにしても「ラン活」とは何か。小学校入学を迎えた子にランドセルを用意する活動がそれだと知る。わが家にも来年入学を待つ孫がいる。そうだ「ラン活」をしなければ。もう一人の孫は大学卒業の年で「就活」中だし、そして私は「終活」中である。

50数年前、息子が小学校入学を迎えた時、それを機に家を建てた。生活費を切り詰め、ようやく土地を手に入れた。小・中学校に近く、最寄り駅に近く、買い物に便利で、望みは見晴らしの良い所と。そして今の高台の地に落ち着いた。賢治の『注文の多い料理店』ならぬこの土地は一つひとつの注文によく応えてくれていた。

少なくとも私が若い日々はである。だが、この高台はゆるやかな坂道と階段を伴っていた。よいことづくめを望んでいたが、年を重ねると事情は変わってくる。愚痴の一つも言いたくなるが、そんな時、河合隼雄氏のことば「ふたつよいこと さてないものよ」をつぶやくと不思議に腹立ちもなくなる。それどころか階段、坂道は格好な運動の場ではないか。

建物としての家もいろいろあった。子の成長にあわせ勉強部屋の増築、子の巣立った後は夫婦各々の書斎にリフォーム、その時々の変貌を受けとめて来た小さい家。大変革は3年前、二世帯住まいだった。これは一からの出直しになる。地震に備えた外観もさることながら、家の中もシンプルになった。

それにもまして、私のスペースのコンパクトさよ。書斎兼寝室、日常生活に必要なものを全て一室でまかなうという。当初この変革にはいささか戸惑った。何しろ十数年、一人暮らしの気楽さを謳歌した日々があっただけに一部屋に蟄居《ちっきょ》する息苦しさがあった。

これも思いちがいだった。

友人は伴侶を亡くした後、大きな邸宅に一人暮らしである。折をみて電話をするが、電話口で「一日中探し物で忙しい」と言う。役所から届いた大切な書類や、玄関の鍵など。大切なものほど、どこに仕舞ったか忘れる。家中を探し回り挙句の果てには遠方に住む息子さんや娘さんを煩わしての探し物競争のような状況にもなったとか。

コンパクトで良かった、心底そう思う。探し物もなければ掃除も簡単、冷暖房も省エネである。これはもう少子高齢化時代に備えて、今政府がまさに推進している〝コンパクトな街づくり〟の先駆けではないか。

これぞまさしく「ふたつよいこと　さてないものよ」だ。

此の秋は何で年よる雲に鳥　　松尾芭蕉

（2018年9月）

燈下また親し

やうやくに燈火親しく蛾もこまか　皆吉爽雨《みなよしそうう》

30年の間に一度もなかった異常気象に日本列島はおそわれた。命に危険を及ぼす暑さが続いたこの夏。気づいてみると、本が増えてしまっていた。思うに、外出をするたび、そこここの本屋さんで涼をとり、長居をするうちに、ついつい本を求めた結果である。本棚に収まりきらず積ん読の山が出来てしまった。

置き場所に困ると思い出すことがある。家のリフォームの際、亡夫の書斎の本の処理に困ったこと。市の図書館の司書の方に来ていただいて相談した。一部の希少価値の本だけは引き取ってくれたが、あと美術全集も古典全集もその立派な装本のままトラックで運ばれていった。

その後の虚脱感は言い知れなかった。夫が生きていたらどんなにか哀しんだだろう。本屋をしている教え子にその話をすると、本というのは「本人にとっては宝物、他人にとってはただの屑ですから」と言い切られてしまった。私にとっては、宝物以上に本は友人であり、心の支えにほかならないのだが。

それにしても、いつから本はこんなにも疎まれるものになったのだろう。戦後、幼友達の父親が亡くなった時、その蔵書を売って残された一家が生きていた日があったことを思い出す。本の

値打ちはこの70年ですっかり変わってしまったのか。

夫の本の後始末には泣いたものだが、私の本の始末はうまくいった。かつて中学生の息子が「父さんの本棚は重いけれど、母さんのは軽いね」、と私を悄気《しょげ》させたことがある。そのはずである。本の題名は愛だの恋だのが多かったから。その甲斐あって地域の公民館が建った時、全部引き取ってくれ、「向野文庫」と名づけてさえくれた。それも30年程前のことではあるが。

とにかく小さい時から本が好きだった。実家の本棚に谷崎潤一郎訳『源氏物語』が揃っていた。その本は触ってはいけないものだった。上等の和紙が透き紙になってほのかに絵が透けている。何度も盗み見た。

母が口ぐせに「年をとって暇が出来たら読む」はずの本だった。しかし子も巣立ち、老いてからの母はその本を読む前に糖尿病のため、目を悪くしてしまった。とても読んだとは思えない。本はいつかいつか読むものでないらしい。今、喉の渇きを潤すごとくに読むものだ。

10月は読書週間である。昭和22年からはじまって72回目という。この夏買い込んで来た本を読む楽しみを満喫したい。読書は「こころの脳」を育むという。日々の暮らしにはいろいろあるけれど、自分の心の居場所がそこにあるということは何という救いであろうか。

且つ忘れ且つ読む燈火亦親し　相生垣瓜人《あいおいがきかじん》

（２０１８年10月）

介護に寄せるうた

麗かに且つ爽かに冬立ちぬ　相生垣《あいおいがき》 瓜人《かじん》

11月11日は「いい日、いい日」で介護の日である。関わっている施設では15年前から子から親へ愛を贈る〝親守唄〟を全国から募集し年1回、「親守唄・歌会」というコンサートを催している。子守唄ならぬ親守唄には、父母への恩返しや看護・介護の唄が多い。人生100年時代になろうが、老いて病んで逝くことだけは変わりない。今も心に残る「かえりみち」という介護の唄がある。


あなたが私を育ててくださるのに／20年余りの歳月を要しました。

そう考えれば、私があなたのお世話をする時間が同じ位20年であったとしても／納得できるのではないかと。

介護はずっと続くと、／何て先の見えない、見通しの立たない仕事をしていかねばならぬのかと／己《おのれ》の人生の大切な時間を削られるようで／できれば避けて通れば楽なのに、と思った。

でも…親は、子の養育に20余年以上／己の大切な時間を費やしてきたのではないか？

私は、あなたの大切な20余年を共に過ごしてきたのではないかと？　と、気づいたとき、私があなたの介護にたとえ20年かけたとしても、／ちっとも損をするわけじゃない／20年でもチャラなんだね。

だとすれば、数年間なんて、恩返しにも足りぬ時間なんだよ、と思えるのではないか？

人は生まれたときも、人のお世話になり育つ／死んでゆくまでの間も、そうなんだ。

どんなになっても親子だよね。／それが絆なのかもね。（山口麻利　37歳）

過日、次男のつれあいの父親が亡くなった。病いを宣告されてからの歳月、その介護には妻である母親があたっていたが、家族一同の介護体制の日々であった。それこそいつまで続く介護の苦労かと。あらゆる手立てを講じつつ、時に落胆し、時に共倒れもし、それでも回復が望めないとなり、疲弊する様子はそばにいても辛いものだった。かてて加えて、今年の夏の暑さは、介護する側もされる側にも酷なものであった。台風の直撃も一再ではなかった。揺れ、水、熱、風と天変地異の続く夏だった。その8月の末日の朝、静かに逝ってしまった。

人は病で死ぬのではなく、その人の寿命で死ぬのだと知った。51年連れ添った妻は、「悔いはない」と言いつつ――。棺のお顔にお別れをした。

「ありがとう、お世話になりました」と妻に捧げる言葉をその安堵したお顔が告げていた。親子、夫婦、その絆に今、親守唄をうたいたい。（２０１８年11月）

年のおわりに

年つまる思いに堪へて何もせず瞑《めつむ》りて師走半ばの世の音か

相馬遷子《そうませんし》

師走という、師でもない私にも心せわしい年の暮れがやって来た。一年の終わりという区切りと、年改まるということに備えて身辺の整理をせねばと気持ちだけがあせる。年末に家の中を片づけたくなるのは日本人の遺伝子に組み込まれているのか、と御託を並べてもみる。

いや、今年の私は片づけにむけて深く自分に課していることがある。それは「自分がいなくなったあと」を含めての片づけをしたいということ。

そう思いはじめたのは、今年亡くなった女優樹木希林さんの生き方に教えられたことによる。希林さんのいう「モノのいのちを使いきる」ということば——自分のいのちだけでなく、モノに対しても徹底して筋を通す姿は美しいものだった。

とはいえ小さな我が家、モノとてはない。掃除は毎日の作業で、時に心に鬱屈することがあるとその解決でもないが、やたら手を動かし片づけて来た。にもかかわらず、いつの間にか知らないうちに物があふれている。

他人事のようだが紛れもなく私が持ち込んで散らかしているのだ。まずは小物たちから…。本棚、クローゼット、戸棚、ベッドの下、押入れから全員集合。要る、要らないものの仕分けはすぐ終わったが、「これいつか要るかな」「あるに越したことはない」と迷うことが多い。が、「惜しいけれど、さようなら」「お役目終了」と心にけじめを付けていく。「ありがとう」「助かったわ」とねぎらいの言葉を添えて。

このハードな作業の中うれしいことにも出あう。宝石の類もお宝らしい物もない持ち物の中、ただ一つ母からの遺品が出てきた。

漆《うるし》蒔絵の印籠だ。梅と金鶏の絵柄で五段重ねの印籠。その一段目には〝くまのゐ丸〟が江戸時代から平成の今日まで残っていた。印籠を飾る紐には大玉の紅珊瑚。母が「いつか指輪か帯留めにするといいよ」と。その声が聞こえたような気がする。懐かしさ一杯につい手がとまる。そんな一つに小さなネックレスがあった。若い日、七宝焼きに凝っていた。七宝釜も揃えていた。その作品第一号のネックレス。鎖もさびてはいるけれど捨てられない。片付けは自分に出あう時間だった。

あれこれ道草を食いながら、時に心折れそうになりながら、ひるまず、諦めずやりきった。収納は7割位に収めた。この余白がいい。そこに来る年を迎えよう。

すべてし終えてコーヒータイム、しみじみ幸せな一年だったと感謝する。


茶を点じ今宵に尽くる年惜しむ　　山本薊花《けいか》

（2018年12月）

日日是好日

年ここにいよよゆゝしく改まる　　佐藤漾人《ようじん》

天皇陛下のご譲位とともに、元号が改まる年になった。「平成」の30年間がとても幸せな年月だったと改めて感謝する。

新潟に住む知人から、宮内庁発信印のあるハガキをいただいた。そこには4泊5日で皇居勤労奉仕団で皇居の清掃に参加した様子が書かれていた。その折、両陛下と皇太子様のお出ましがあり、お声かけがあった。背中に汗が流れ何を話したか忘れたが、皇后様の優しいオーラに包まれた由。この国に生まれて良かったと記されていた。

目出度さもちゅう位なりおらが春　　一茶

私の住まいは真言律宗総本山「西大寺」に近い。このお寺は鎌倉時代から「大茶盛《おおちゃもり》」という行事で有名。以前1月15日の大茶盛に亡夫と招かれたことがある。末席だったのでお坊さんが大きな茶筅《せん》でお茶を点《た》てる様は見えなかったが、運ばれて来た大茶碗は顔がすっぽり入ってしまう大きさ。両脇の人に助けてもらいながらお茶をいただいた。

ぐぐっと迫ってくるお茶が口一杯で苦しかった思い出がある。大茶碗の直径は30センチメートルもあり、重さは7キロもあると後に聞いたが、それを回し飲みする様は何ともおかしなことになり、笑いのこぼれる和やかなものである。その年1月8日から「平成」に入ったと記憶するから、私にとって和やかな「平成」の幕開けだった。

そのお茶席がご縁で「西大寺を落語でもりあげよう会」の世話人の一人になった。最初の落語会には大勢の人に来ていただくことが私の役目。出会う人ごとに呼びかけた思い出がある。この地に住んで25年を経ていた。

第1回の落語会の演目に「西大寺大茶盛」を加えていただいた。そのときの噺家さんの名前は忘れたが、落語のあら筋はよく覚えている。長屋に住む八っつぁん一行がこの大茶盛に来た時の噺《はなし》。誰一人お茶の作法は知らない。とにかく正客《しょうきゃく》の大家《おおや》さんに習えばよいということになった。大家さんは大茶盛のお茶を一口ズズズッと飲んだものの多すぎて、少し大茶椀にもどして回した。次にいた八っつぁんは（そうかお茶は少しお茶碗にもどすんだな）と。相つづく長屋の一行がそれに習ったことはもちろん。最後の大茶碗には、はじめよりたくさんのお茶が残っていたとか。何度思い出しても笑ってしまう。

笑う門には福来る

先日『日日是好日――「お茶」が教えてくれた15の幸せ』（森下典子著）を読んだ。「平成」に続く新元号の日日も好日であることを祈る。

初釜の早くも立つる音なりけり　安住　敦

（2019年1月）

芽ぶきの時を迎えて

入学の子をもつ親の君と我　久米三汀《さんてい》

春浅し空また月をそだてそめ　久保田万太郎

庭の隅のいつものところに、待ち構えていたかのような蕗のとうのみどりを見つけた。小さな草の芽も萌えだしている。寒中よりまだ寒いといわれる2月にして、庭の表情はどこか春の息吹をととのえている。

今年6歳になる孫娘は、この春の入学をひかえている。父は机を買って来た。ニトリの組み立て式の簡易な机である。工具が持ち出されるや4歳の弟は興味津々。父の作業の横を離れない。やがて組み立てられた机が南側の窓際に据え付けられた。

はじめて自分の机に座った孫は、顔を押し付けたり、手のひらで机の上をなでたりと、「どうぞよろしく」の挨拶をしたのだろうか。弟は虎視眈々と座る機会を待っていたが、「これはお姉ちゃんの。あなたも一年生になったらね」と。いつもなら抵抗しそうなものだが、このたびはすごすごと諦めた。

たかが机、されど机。机は人の心の「構え」をつくるのか。一年生になるという意識を身体ぐるみで覚えた6歳と、早く大きくなって自分も一年生になろうという気構えを4歳に与えていた。

心構え、気構えは机に座ったその姿勢が語っている。立腰《りつよう》である。尊敬する森信三先生は子育てで大切な三つのことを教えてくださった。立腰、掃除、躾である。

目の前の孫は腰骨をしっかり立てて座っている。すんなり素直な足は伸びやかでいい。足置きであろうか、足の下に「リンゴ」と書かれた段ボール箱。

その時、唐突に幼かった日のわが机を思い出した。「リンゴ箱」が机だった。近頃はさっぱり見かけないが、かつてリンゴは籾殻に埋めて木の箱に入っていた。その木箱に紙を貼って「幾世さんのお机です」と母。なんと大学に入学するまで使っていた。

この机は持ち運びができた。今日はここ、明日はあそこと日当たりや静けさを求めて移動していた。ということは勉強部屋は無かったということか。兄弟4人のうち兄だけは机を持っていたが、あとの3人は遊牧民をやっていた。貧しかったのだ。

そんなことに関わりなく、リンゴ箱の机は私の心の居場所になってくれた。机の前で姿勢を正せば集中力も持続力も湧いて来た。貧しくていい。人間は気構えや心構えのできる場が一つあればいい。孫の芽吹きの時、幸あれかしと切々と思う。

芽吹くもの かなしと息をひそめ見る　京極杜藻《とそう》

梅二月ひかりは風とともにあり　西島麦南《ばくなん》

（2019年2月）

上を向いて歩こう

雛鳥が巣立っていくことは親鳥にとってうれしくもあり寂しくもある。それにしてもあっという間の4年間だった。孫が広島から奈良の地に来て大学に入り、そしてもう飛び立って行くという。

歳月の隔たりはあるものの母校を同じくする者としても〃はなむけ〃のことばをと思う。次に進む地は東京と聞いた。贈ることばとして「あどけない話」の詩の一片を届けよう。

智恵子は東京に空が無いといふ／ほんとの空が見たいといふ／私は驚いて空を見る／桜若葉の間に在るのは／切っても切れない／むかしなじみのきれいな空だ／どんよりけむる地平のぼかしは／うすもも色の朝のしめりだ／智恵子は遠くを見ながら言ふ／阿多多羅山《あたたらやま》の山の上に／毎日出てゐる青い空が／智恵子のほんとの空だといふ／あどけない空の話である　（高村光太郎）

昨年、ご縁があって仙台に行き、足をのばして二本松の智恵子の生家に案内して頂いた。その地に立つことの感動はことばを失うものだ。「あれが安達太良山、あのひかるのが阿武隈川」（『樹下の二人』）の地に立ち、前方にはるか安達が原を越えて阿武隈川がきらりと見える。

そこが智恵子のほんとの空。「空」は時も超えて一人の女性の純粋な世界を感じさせてくれた。

そして明治、大正、昭和という時代をかけて生きた一途な夫婦の姿も。その上、なお今すぎていく平成の日々を重ねることもできる。

そうだ、「贈ることば」は一片の詩にそえて「空」への思いを大切にと言おう。

思い出の中、孫は広島の地に生まれ、すぐに父親の転勤に伴われて、島根県の出雲大社の傍近くに住んだ。次には松江城の城下にと、見上げた空の色を覚えているだろうか。幼くて覚えてなかろうが…。でも思い出をたどるとそこに空はひろがってこよう。

そしてこの4年間は奈良の地に住み、平城宮の宮跡ちかく、底ぬけに青い空を見ていた。いにしえの都人《みやこびと》も見あげていた空。奇遇なことに、祖母の私も同じだったとは。

「これからも上を向いていこうね」

その時、私には永六輔作詞・中村八大作曲、坂本九のうたう「上を向いて歩こう」が聞こえていた。～涙がこぼれないように／思い出す 春の日／一人ぼっちの夜……幸せは雲の上に、幸せは空の上に……泣きながら歩く～

今、人生の節目にある孫に、はなむけとして「上を向いて歩こう」を贈る。実に「あどけない空の話」である。

空いよよ蒼く春の日いよよ濃し　　松本たかし

（2019年3月）

御代替わりを寿ぐ

平成の御代のあしたの大地をしづめて細き冬の雨降る　（美智子皇后御歌）

このつき御代替わりの時を迎える。「内平《うち》かに外成る」「地平かに天成る」。「国の内外にも天地《おほつち》にも平和が達成される」との思いから名づけられた元号「平成」であった。「一つの区切りの時を迎えます」と美智子皇后は昨年84歳のお誕生日のおことばの中で述べられた。実にさらりさわやかなおことばである。

私事ながら、昭和34年御成婚なされたその年に結婚した。ただし私の結婚は二人だけで出雲大社に赴きその意を伝えるという簡素この上ないもの。それにも拘らず心の中には美智子妃の結婚のおことば「尊敬し信頼申し上げております」ということばを金科玉条、わが胸に刻みつけ人生の一歩とする幸を得ていた。

「24歳の時想像すら出来なかったこの道に招かれ大きな不安の中で（中略）皇太子妃、皇后という立場を生きることは決して易しいことではありませんでした」と、先のお誕生日のおことばで述べられた。

そのことばを受けとめるが如く天皇陛下も昨年85歳の誕生日に「国民の一人であった皇后が、

私の人生の旅に加わり、60年という長い年月、皇室と国民双方への献身と真心をもって果たしてきたことを心から労《ねぎら》いたく思います」と淡々とした語り口の中で、少し声をくぐもらせられた。

国という大きな単位も一人の男性と一人の女性の人間性を紡いでこそ磐石となる。結婚、出産、家庭——最初の一歩から今まで、国母である美智子皇后を仰いで生きる幸せを得ていた。

それだけに、この度の御代替わりはとても寂しい、そんな時だからか、日頃、つづまやかに生きている私にして、何ともいぶかしがられる事になったが、先日、「天皇在位30年記念白磁の『小槌《こづち》』ボンボニエール」を求めたのだ。

ボンボニエールの何かも知らない。ただ、宮内庁御用達ということばと、有田の白磁の美しさに魅されてしまった。その白磁には陛下のお印「桐」の花と美智子皇后のお印「白樺」が描かれている。白磁は透き通るような光沢をもち藍の色は澄み渡っている。振れば願いがかなうという小槌。掌《たなごころ》の内に収まってしまうものが、私の平成30年間になる。

御譲位の後は全ての公務を皇太子様に譲られるという。「国平らかに、民やすかれ」と祈られるお姿はお変わりないであろう。

感謝と敬愛の心いっぱいに寿ぎたい。

そのあした白樺の若芽黄緑の透くがに思ひ見つめてありき

初夏の光の中に苗木植うるこの子どもらに戦あらすな　（2首とも美智子皇后御歌）

（2019年4月）

マクワウリに寄せて

昭和・平成と生きて来て、今、新天皇のご即位と新元号の日を迎える大きな節目にある。上皇への感謝の念と新天皇（126代）への敬愛も期待の中で今年の5月を寿ぐばかり。そんな日々、わが日常のささやかなこと。

草にねころんでいると／眼下には　天が深い
風／雲／太陽／有名なもの達の住んでる世界
（山之口貘「天」より）

10連休とはいえ仕事もあり、旅行にも行かず孫たちと庭いじり、野あるきの休日、唯一、遠出として奈良公演の小鹿と遊ぶ。庭作業ではプランターの幾つかに夏の日よけのゴーヤ、糸瓜《へちま》の苗を植える。今年は特別にマクワウリの種を蒔いた。ほんの序の口の土いじりなのだが、ミミズ、コガネムシ、ダンゴムシ、出てくる出てくる。孫たちの悲鳴とも歓声ともつかぬ声が静かな住宅地に響く。

今年のマクワウリには私なりの思い入れがある。それは昨年の秋、美智子皇后84歳のお誕生日記者会見のお話が心に残っているからだ。陛下の御譲位後の暮らしについての質問に答えてのお話。

「陛下の御健康をお見守りしつつ、ご一緒に穏やかな日々を過ごしていかれればと願っていま

す（略）赤坂の広い庭のどこかによい土地を見つけマクワウリを作ってみたいと思っています。こちらの御所に移住してすぐ、陛下の御田《おた》の近くに一畳にも満たない広さの畠があり、そこにマクワウリが幾つかなっているのを見、大層懐かしく思いました。頂いてもよろしいか陛下に伺うと、大変に真面目なお顔で、これはいけない。神様に差し上げる物だからと仰せで、6月の大祓《おおはらい》の日に用いられることを教えてくださいました。大変な瓜田《かでん》に踏み入るところでした。それ以来、いつかあの懐かしいマクワウリを自分でも作ってみたいと思っていました。（略）」

今、黄金色の大玉マクワウリの白い種（一粒は6～7ミリ）を土に蒔きながら、陛下と美智子皇后のご夫婦の語らいが心の奥深いところでこだましている。

報道によれば、ご譲位の後も、とてもお忙しい日々をお過ごしのことと知る。新しいお住まいは仙洞御所とか。そのご用地で日本タンポポをお摘みになったり、いつもお心にかけていらっしゃった日本蜜蜂の無事の生息を見回られたり、「陛下が関心をお持ちの狸の好きなイヌビワの木などもご一緒に植えながら……」。

静かで心豊かな日々をお過ごしになられる。そのときの近からんことを心から祈りつつ。

初真瓜《はつまくわ》四ツにやわらん輪にやせむ　　芭蕉

（2019年5月）

母よ嘆くなかれ

このところ、ずうっと心にかかって離れないことがある。昨年の暮れ「年が明けたら、おばあちゃんになります」という喜びの報告をかねて一家で顔をみせてくれた知人のこと。

その時の一行は知人夫婦と新婚の息子夫婦。結婚のご縁がゆっくりとしていて新婚とはいえ40代と30代後半のお二人は幸せそのもの。というのも、あと数カ月後の出産をひかえてか、こぼれんばかりのお腹だった。その日の幸せ記念にわが家の一同も加わり、まだ見ぬ赤ちゃんも加えて10人が写真におさまった。

年が明け、知人から封書が届いた。「息子夫婦に男の子が授かりました。9カ月2200グラムの誕生です。ダウン症のお宝をいただいています」と。

一瞬、思考が止まってしまった。すぐには返信できなかった。長い間、障害児と共に生きてきた、障害をもつ親子の相談もして来た私にしては、あまりにも足元すぎることだった。ようやく、パール・バックの言葉を借りつつ返信した。

「わが子が何年経っても、子供のままであるということを知った時、私の胸をついて出た最初の叫び声は〝どうしてこの私がこんな目にあわなくてはならないの〟、避けることのできない悲しみを前にして人は誰もが昔から幾度となく発して来た叫び声だったのです」（パール・バック著『母よ嘆くなかれ』）

ノーベル文学賞作家にして、わが子の障害はこんなにも苦渋に満ちていたのだ。受け容れには時がかかるとはいえ、他のことならいざ知らず、一つの生命を前にして「逃げたらあかん」と記し、一方われとわが身にも「人生逃げ場なし」と肝に銘じた。今6月、半年を経たが未だにお心の内を聞くことはできない。重いけれど一緒に担う心である。

先日関わっている重度障害者のケアホームが竣工した。悲願の家である。親なきあと、地域の中で安心して生きることを願って歩み出した一組の親子、染色体異常、てんかん、知的障害、歩行もままならない重度の子が起点であるといえば嘘になろうか。

いいえ、その生命の存在あって母は嘆きの中から立ち上がっていったのだ。「母が笑わなければ子供は笑えない」と涙を笑いに変えて生きて来た母。振り返ると39年の歳月を経ていた。

500平方メートルの土地に350平方メートルの二階建て、10人の者が住まいする家は木の香りと温もりのあるもの、地域の高齢者とも集う家。掘りごたつと畳の部屋も用意した。何よりの特色は大きな地下室である。災害避難用シェルターである。

施設の者のためだけではない。地域の安心と安全の拠点となるべく備えたものである。これこそは、重度障害者もまた等しく天からの恩寵の中に抱かれている証しだと。

六月の陽に神園の扉あり　　　吉川秀子

（2019年6月）

「ひとりぼっちゼロ」をめざして

のうぜんに風少しある土用かな　　内山紀美女

振り返って数えると20数年前になる。亡夫と共に地域の自治会長の役目を受けたことがある。当時108世帯。除夜の鐘と同じだったので覚えている。月1回ほどの組長会に、庭の花一輪添えることを心掛けていた。それは会話が弾むためのちょっとした仕掛けでもあった。季節を感じたり、嗅いだり見たりするうちに心がほぐれていくと気づいたからだ。

ところが、7月という季節は庭に花が少ない。唯一玄関脇のパーゴラにからむ凌霄花《のうぜんかずら》だけが暑さにめげず咲いている。生け花には似合わないと知りつつテーブルに飾ったのだが、会合の途中、橙黄色のらっぱ形の花の中から蟻が這い出して来てちょっとした騒ぎになった。

今思うと、もうあの頃から地域の関係性が希薄になりかけていたのだろうか。何とか孤立を防ぎつながりを保ちたいと思っていた。当時は子供会も老人会も健在だった。しかし、いつの間にか子供会も先細り、老人会も解散してしまった。

人は、地域のつながりと支え合いの中で生きている。共働きのわが家の子育ても地域の人たちの見守りの中で辛くも成り立って来たと今も感謝している。そんな地域のよき風土を守りたい。令和の時代、昭和はもう遠くになったのだろうか。

物もなくお金も乏しかった昭和の頃を思い出す。四国・香川の実家では、父が障害者だったので、戦争には行かなかった。その分、母は国防婦人会とか隣組の仕事を率先してやっていた。幼い私を連れてよく町中をまわっていた。おかげで向こう三軒両隣意識はしっかり根付いている。助け合いの風土があった。貧しかったが幸せだった。

昨今、人生100年時代という中で、高齢者のひとり暮らしが住民の三分の一にもなっている。退職後、市の「ひとりぼっちゼロ」プロジェクトに関わっているが、もう12年越しになる。関わっても関わっても、人間関係の希薄化は収まらない。「他人事《ひとごと》ゼロ」「虐待ゼロ」「孤立ゼロ」と積み重ねて取り組んでいるのだが。

この年、近くの団地で3人も孤独死の人が出てしまった。知人の障害者施設は建設反対にあい、建てることはかなわなかった。児童虐待は許さないという総論は賛成なのだが、そこに関わる施設が自分の家、近くに建つという各論は反対なのだ。

国際化、情報化、IT化という関係の広がりに反して、足元の暮らしのつながりが切れていく。よき風土を孫たちに残していきたいと願うばかりだ。

なつ来てもただひとつ葉の一つ哉　　芭蕉

（2019年7月）

夾竹桃の教え

真夏の陽射しは、もうお盆の季節である。子供の頃、手伝いの一つに仏様の花の水換えとお花供えがあった。庭に咲いている花を切ったり手折ったりして適当に揃え、緑の葉を添えてお供えするのは好きな仕事だった。見よう見まねでやっていたのだが、今にして思うとちゃんと格好がついていたのだろうか。

ある夏、その花もなく、花といえば庭の端に枝を張った大きな夾竹桃《きょうちくとう》の木だけである。枝先に淡い紅色の花がいっぱい咲いている。ほんのりいい香りもする。しかし、それは子供には余りにも高いところにある。

棒切れを手にして枝をうんとしならせ手繰りつつ、花を引き寄せたまではよかったが、その枝はポキッと折れるものではなかった。折れ口から樹皮が剥がれない。仕方がないので口で噛み切って引きちぎった。白い樹液が出て苦かったが、ようやく一枝を手に入れることができた。難儀の末の花だけに誇らしかった。

夕食後、仏間に一家揃って手を合わせた時、仏壇の花を見るや母が「この花はお供えする花じゃない」と下げてしまった。実に不本意だった。後で諄々と夾竹桃は仏壇の金箔を痛めるからと教えられたのである。

そのうえ夾竹桃の根や樹皮には毒があることも教わった。特に樹液の毒はきついものだとも。口に苦かった白い樹液のことは黙っていたが、「死ぬかもしれない」とその夜は恐ろしかった。幼い頃は身体を通して学ぶことが多かった。

福澤諭吉の『福翁自伝』の中に「まず獣身を成してのちに人心を養う」という言葉がある。「獣身を成す」とは自然の中にあって自在に学び生きる力をつけよという教えではなかろうか。母が意図して子育ての躾をしていたとは思われないが、いつしか母の躾に習ってわが子育てをした。

「若い時の苦労は買うてでもせよ」「ハングリーこそロマンぞ」と心に誓って実行したのだった。二人の子が小学校入学した年から、夏休みは一家で貧乏旅行をすることを例とした。今でいうバックパッカーなのだろうか。寝袋とテントを背負ってとにかく歩く旅である。

はじまりは1972年、広島と長崎だった。この国に生きる者として、その地は大切であった。戦後27年、さすがに焦土ではなかったが、広島の平和公園や本川、元安川の河畔に、そして長崎の浦上天主堂には、ただ夾竹桃だけが復興を告げていた。原爆のあと50年や70年は草木も生えないと言われたようだが。

夾竹桃の花言葉は〈注意・危険〉である。また別の本には〈心の平和〉とある。私にとって夾竹桃の花言葉は〈母〉であり、〈生命力〉だ。

夾竹桃糊《のり》の紺衣に律義の母　　扇山彦星子《げんせいし》

（2019年8月）

老木《おいき》に花の咲かんが如し

仲秋や月明かに人老いし　　高浜虚子

同窓会が鎌倉であった。〃いざ鎌倉〃とばかり7人の友が集まった。学生時代の専攻科は別々で、哲学、史学、教育と違ったが、同じ年に生まれている。「お元気でしたか」の挨拶もそこそこに「この頃は膝が痛くて」「腰が重い」「肩がだるくて」と話が盛りあがる。ひとしきり身体の全ての関節名が出たかと思うや続いて友のこと。だれそれが「療養中」「入院中」「施設入所中」と事情は異なるが、老いの消息には違いない。とうとう鬼籍に入った友のこと等も。

「そういえば」と、また盛りあがる話は家人のこと。「このところ身体の調子が悪く」「もの忘れもひどく」「今日の出席はショートステイにお願いして……」と。家人のいる人、いない人、それぞれの身辺の由なし事あれこれ。家人のことならばと私も話に加わる。4歳6歳の孫から「おばあちゃん、どうして首の所にレールがあるの」「おばあちゃんはいつ大きくなるの」「いつ死ぬの」と幼き者が心のままにする自然の風体《ふうてい》とはいえ厳しいものよと。

結局一同が口にしたのは「老」のことであった。年をとってくることは余りうれしいことではない。今まで普通にできていたことがだんだんできなくなる。実にもどかしいことばかりだと話がつきることのなき同窓会になった。

ある朝の新聞で「高齢者よ、もっと自己主張をしよう」という記事を見た。人生100年時代という言葉が声高《こわだか》になり、雇用や退職、年金や自動車の運転に至るまで、高齢者に手厳しい声が多い一方、日本は約3500万人の高齢者が現役として各界に役割を果たしているのも事実。だが、この現役高齢者は高齢の立場からは、まず発言しない。投稿者のワシントン駐在客員特派員・古森義久氏いわく、アメリカでは、政府や社会に対して団結してもっと積極的に発言していると。高齢者の生き方、あり方への提言であろう。

今、久々に『風姿花伝』(世阿弥著)を手にしている。世阿弥37歳から佐渡に流されていた73歳余(晩年は不明)の一子相伝として遺された芸術論である。が、私には人としての生き方ありを示した先達の書に思える。「老いて後の花」とは何なのか。

『風姿花伝』には「年寄の心には、何事をも若くしたがるものなり。さりながら、力なく、五体も重く、耳も遅《おそ》ければ、心は行けども振舞の叶《かな》はぬなり。この理《ことわり》を知ること」。その上で「いかにもいかにもそぞろかで、しとやかに立ち振舞ふべし」とある。

身体の限界を老いのほろびとして受け入れる智恵をもち、はしたなくならぬよう、つつしんで振舞いてこそ「老木《おいき》に花の咲かんが如し」ということか。

手をそれてとぶ秋の蚊の行方かな　虚子

(2019年9月)

二上山の思い出

山ふかく遊ぶ子に会ひ通草《あけび》熟れ　　丸山帚木

元号が令和に替り、もう半年も過ぎた。令和が『万葉集』から索いたことばであり、この国の二千年の歴史と、そこに豊かな文化が花開いていたことを思うと誇らしい。

先日、富山県高岡市に招かれて行った。その日、「高岡市万葉歴史館」に案内された。何とその地下室には万葉集の古書をはじめ2万冊余の蔵書があり、感動してしまった。

訪れた日は、天平１８年6月２１日、大伴家持が越《こし》の国の国司として着任したのと同じ日であり、その奇縁が実にうれしかった。家持こそは万葉集編纂の第一人者ではないか。越の国での歌をもっと知りたいと願ったが、如何せん時間がなかった。せめて万葉の香りだけでもと高岡城跡の二上山《ふたがみやま》でひとときを過ごした。

越の国ならぬ大和にも同じ名前の二上山*がある。二上山というだけに雄岳と雌岳の二つの頂きがあり、古《いにしえ》からのその美しい山容とそこに陽が沈む様を崇める信仰がある。

雄岳の山頂には24歳で謀反の罰を負い自害させられた大津皇子《おおつのみこ》のお墓がある。容姿、学歴ともに優れた悲運の貴公子だったらしい。弟を失くした姉・大来皇女《おおくのひめみこ》の歌が哀しい。

うつそみの人にある吾《われ》や明日《あす》よりは二上山《ふたかみやま》を弟《いろせ》と吾《あ》が見む　（巻二・１６５）

つい最近まで体育の日は10月10日だった。その日、わが一家は二上山に登ることを習いとしていた。同じ山に同じコースで登るのは一種の健康測定のようなもの。慣れたコースだけに歩きながら面と向かっては言うこともない思いや思い出のあれこれを口にしていた。秋風にのってこともなげに口にする話は、それはそれで楽しかった。息子が24歳の年は、大津皇子の悲運をわが身に引き寄せて感慨一入だった。

毎年同じ行動をとると、これまた毎年同じ顔ぶれに出会う。お互いの健康を確かめあう日にもなった。帰り道では印でおしたように繁みを押し分け通草《あけび》を探す。紫色に熟れた通草はすぐに見つかる。が、高い木に這い登っている。蔓をたぐり寄せたり木に登ったり2人の息子が競い合って採る。ある時は採れすぎてリュックサックに収まりきらず、上着を袋状にし担いで帰ったこともある。

2人の子が巣立っていって久しい頃、わが家の裏の木やフェンスに大きな通草がぶら下がるようになった。その頃はもはや夫も私もその通草を見あげるものの、採りたいとは思わなかった。「プッ」と吐いた種が根づいたものか。元気で若かった日の思い出を伴って、今年も体育の日（10月14日）が来た。二上山の思い出があふれ出て来る。

通草さげて下り来る人に又遇ひぬ　　高浜虚子

（2019年10月）

＊…大和言葉で「ふたかみやま」と呼ぶも、現在の読みは「にじょうさん」

奈良には古き仏たち

麗かに且つ爽かに冬立ちぬ　相生垣《あいおいがき》瓜人《かじん》

いつだったか、エジプトのミイラのように白い布でぐるぐる巻きされた仏様たちが興福寺から運び出されるのを目にした。「お寺の修復再建のため、仏様も全国の博物館や美術館に出張する」と聞いたことがある。

仏様も出稼ぎに行かれるのかしらと不遜にも思ったがもちろんそうではなかった。一昨年の秋、奈良大学の市民講座で学んだことには、仏様たちを未来に受け渡すために健康診断をするという。

２００９年、九州国立博物館で特別展が開催された際、文化財用の大型ＣＴスキャナーで仏様たちの内部構造が解析された由、その時、阿修羅像の欠損した右手は法具を手にしていたのではという推測は崩れ、正面で合掌していたことも分かった。天平の至宝阿修羅像の眉をひそめ遠くを見はるかすお顔のその手は祈りと感謝の合掌であったのか。物言わぬ佛様の真実を知ってとても納得した。

阿修羅像の発願者《ほつがんしゃ》は、光明皇后である。皇族以外で初めて皇后になり、妻として母として女性として人一倍大きな生涯を背負った人にして、皇子となるべき基王《もとい》を一歳にもならず見送った悲しみはいかばかりか。死んだ子の歳を数えるという哀しい所作があったのか。

発願した阿修羅像は三つの顔を持っていた。一つは幼い頃のあどけない表情、もう一つは少し成長した思春期の、そして最後正面のお顔は深い懺悔の後、悩みから脱出しようとする青年の姿。わが子夭折《ようせつ》の哀しみを仏様に託して合掌したのは光明皇后ご自身であったのだ。

わが子の不幸に加え夫聖武天皇にも先立たれた光明皇后は、崩おれんばかりの悲しみから、夫の遺愛品を東大寺に奉献した。それは七七忌《しちしちき》のこと。遺愛品を目にし思い出しては涙する崩摧《ほうさい》の中にあって、その全てを献納することで心を整理した。

その御物《ぎょぶつ》は、聖武天皇ゆかりの品々である。それらが正倉院御物として今日に伝えられている。ちなみに光明皇后から盧舎那佛に奉納された宝物は、ほぼ700点を数えると言われている。

国家珍宝帳《ちんぽう》とはそれらの目録である。天皇身辺の檜《ひのき》の床（ベッド）とか、脇息、屏風、鏡の品々に日常がしのばれる。その水差しはペルシャのもの、螺鈿紫檀《らでんしたん》の五絃琵琶、平螺鈿背《へいらでんはい》の八角鏡は唐時代のものと、インド、ペルシャを通りシルクロードの風をも運んでくれる。

阿修羅像といい、正倉院御物といい光明皇后という一人の女性が哀しみを越えて生き抜いていく姿をぐっと身近に感じさせる。併せて1300年の時空を超えた祖先たちの偉大さも。

そして今、令和元年11月御即位記念第71回正倉院展の花はひらいた。（2019年11月）

「いい加減」を生きる

元号が令和になり、もうこの一年が暮れようとする。4月の初日、11時40分過ぎ官房長官が掲げた「令和」を目にした時、何故か粛然とした。紙に「令和」と書いてみた。「令」の字の最後の画《かく》を垂直に引くと背筋までシャンとした。そしてその出典が「万葉集」からと知った時、するすると半世紀も前のある記憶が甦って来た。

私事だが四国の田舎の高校では受験の虫といわれた。というのは到底進学など望めない家の貧しさを知って、せめて受験だけでもと願い奈良の女子大学をめざしていたから。

「椅子固し試験にのぞむ目をつぶる」（桂樟蹊子《かつらしょうけいし》）

試験第1日目、静寂の中「はじめ」の声。用紙を開けて目にとびこんで来たのは、

東《ひむがし》の野に炎《かぎろひ》の立つ見えて　かへり見すれば月傾《かたぶ》きぬ

問1、この歌の季節はいつか　――春夏秋冬

問2、この歌の詠まれた時はいつか　――朝昼夜

設問を目で追うことはできたが、どちらの問いも皆目わからない。「落ち着こう」と深呼吸して目をこらした。「軽皇子《かるのみこ》の安騎《あき》の野に宿りましし時、柿本朝臣人麿の作る歌」と読めた。「万葉集の人麿だ」と分かったが、依然として答えられない。無常にも時計の針がうごく。

唐突に私は答案用紙の上に鉛筆を立てた。当てずっぽうに鉛筆の倒れたところを答えとした。今もって何と答えたのか、分からない。忘れたのではない。覚えていたくなかった。「落第だ」と心の底でうめいた。その後は妙に落ち着いて3日間の受験を終えた。数日後、「合格」の通知が来たが、あの時のいい加減な行為のことは、かえって脳裏に焼きついてしまった。

以来、いい加減な自分を抱えて生きることになった。それ故にか在学中も卒業後も奈良の地に住み『万葉集』の原点をやたら求めている。そしてできるだけ万葉人と同じ感覚の深みに身を浸そうとする。件《くだん》の歌の場所にも行った。そして知った。あの歌の季節は冬、697年12月31日の朝だと。その情景は、東の方から朝焼けのまぶしい光がさしている。振りかえると、夜の気配を残す天空に月がまだ止まっているというもの。1300年の時空を超えて、その時の情景を描いた壁画にも出合って来た。

今年、奇しくも元号は令和になり、その出典であった「初春の令月にして気淑《きよ》く風和《やわら》ぐ」を感慨一入《ひとしお》受け止められる年齢にもなった。〈若い日々の失敗、早とちり、凹んだところだらけの自分〉はいささかの変わりもないが。

もろもろのいたらなさを抱え、いい加減さも含めて、はるけくも来つるものかなと、感慨無量になる。

身辺や年暮れんとす些事大事

松本たかし

（2019年12月）

Ⅲ

年のはじめを祝う

大勢の子育て来し雑煮かな　　虚子

令和という元号に改まって初めての正月を迎える。万葉集はその出発を「雑」の分類からはじめる。古代中国の辞書に「雑」は、「五彩相い合うなり」と出ていて五彩は赤、青、黄、紫、緑の五色で華やかに年のはじめを祝う心という。

暮らしの中でも幕あけは「雑」からはじまる。新年のめでたい食事は「雑煮」である。余りにも馴染んでいて深く考えなかったが、思い出すとこの雑煮には思い出が深い。結婚して初めていさかいをしたのはこの雑煮だった。讃岐の実家ではお雑煮といえば丸餅に決まっていた。縁起ものの大根、人参は輪切りにした。

大根は生育が早く飢饉の中でも人々の飢えをしのぎ災難を救うらしい。母が「丸くまあるく」とつぶやきながら、こしらえていた姿を思い出す。何疑うことなく作ったはじめての雑煮に「待った」がかかり注文がついたのだ。

めったに食事に文句を言ったことのない夫が「お雑煮の餅は角餅にしてほしい」と。しかもその角餅は焼くという。だしは鶏がらの清汁《すまし》にしてほしいという。味噌仕立てでしか考えられない者にとってこの味は想像すらできない。人は年のはじめの食事を自分の習わしとして来た流儀で祝いたいものだ。

関東風か関西風か、少々いさかいはあったけれど、母の言った「丸くまあるく」の教えに従って関東風に落ち着いた。今では角餅に清汁がすっかり我が家のなじみになった。この話を息子たちはよく覚えていて、結婚するや各々の相手に「年末の年越しそばとお雑煮のこと」として申し送られているそうだ。

それ程にも年のはじめを大切にした雑煮だが、七草粥になるともう緩んでいる。

七草も過ぎ馴染みゆくこの年に　　柳原良子

芹、なずな、五形、はこべら、すずな、すずしろ、仏の座と口で唱えることは出来るが、その実物の七草にはお目にかかれない。虚子の句にも七草は揃えにくく〝有るものを摘み来よ乙女若葉の日〟とあり、最近は〝七草を買うならはしのふとかなし〟（朝倉和子）というから八百屋さんに売られていたりする。我が家は人参、大根、牛蒡、蕪ですませているが、一年の健康を祈る心に変わりはない。この年の始めを丸く和やかに祝いたいと思う。

地震《ない》すぎてよき正月の戻りくる　　百合山羽公

（２０２０年１月）

二月に思うこと

限りなく降る雪何をもたらすや　西東三鬼《さいとうさんき》

2月に思うことは雪のこと。84年前、東京が大雪で真っ白に覆われた日の朝、世に二・二六事件といわれるクーデターが起こり、日本は軍国主義への道を歩みはじめた。その前日、2月25日、四国には珍しい小雪舞う日に、私は生まれた。

軍国主義はやがて太平洋戦争に突入。小学1年にあがる年、国民学校と言いかえられて入学。担任の先生は軍服を着ていた。勉強は手旗信号や「トンツー」「トトトツート」というモールス信号を学んでいた。そのうち勉強時間も少なくなり、運動場に大根やさつま芋を作る農作業にかわった。

やがてそれも防空壕掘りになる頃、私はもっと田舎の祖父母の家に疎開することになる。それまで空襲警報や警戒警報のサイレンのたびに避難するのに忙しく、落ちついて机に向かう間もなかったので疎開はうれしかった。が、疎開先の田舎にも昭和20年頃には警報が追いかけて来た。

田舎では防空頭巾の上に木の枝を2、3本のせて田んぼの土手に張り付くという避難だった。給食の食材として田んぼのイナゴをたくさん取ると褒めてもらったりしたが、ここでも机に向かうことは少なかった。

今思うと戦争と共に生き、戦争の中をかいくぐって生きるような日々だった。とにかく勉強はしていない。それもこれも昭和10年代頃の時勢だった。自分の誕生日と二・二六を結びつけて思うようになったのはずっと後であるが、二・二六のご縁が私に深い人生の学びをくれた。

30代中ごろだったか澤地久枝著『妻たちの二・二六事件』を読んだ。二・二六事件で叛乱罪に問われて銃殺刑に処せられた青年たちの妻を書いた本だった。50代の頃、PHP研究所から出た渡辺和子著『心に愛がなければ―ほんとうの哀しみを知る人に―』に出合った。その中で二・二六事件の雪の日の朝、9歳の少女は叛乱軍により父を失っていた。

渡辺和子氏は、荻窪の自宅が襲撃され、銃弾を受け血の海の中でこと切れた父親にとどめを射して引きあげていく後姿を、その同じ部屋の座卓の陰から見ていたという少女だった。その方にして『妻たちの二・二六事件』を読んだ後、「自分だけが父を殺された犠牲者だと考えていた思い上がりを正され」「つらい思いを抱き生きてきたのは私だけではなかった。むしろ叛乱軍という汚名を受けた遺族こそ、もっとつらかったに違いない」と書いている。

ノートルダム清心学園理事長渡辺和子著『置かれた場所で咲きなさい』を手にすると、自分の小さな人生のすべてが幸に変わっていく。いつも光り輝いていたと思える。

あと戻りもやり直しもきかない人生。二・二六の前日に生まれたからこそ、こんなにも深い思いをいただける。あらためて今年の誕生日を喜びの中で祝いたいと。（2020年2月）

一通の封書から

ことしの春は節目の春か。元号がかわり西暦も２０２０という数字の並び、東京五輪・パラリンピックの年でもある。

年度がわりの3月は日常の些事も加わり慌ただしい。普段は静かな住宅地には槌音が絶えない。半世紀を経た家々は建物も老いてきたうえ、世代がわりの機にあるようだ。ここ数年空き家が増えていたのだが、いつしか取り壊されて新しい家が建てられている。春の異動を控えてか、住宅地も緊張に包まれている。

思い返せば我が家も50年前の春、長男の小学校入学を前にして、この新興住宅地に家を建てたのだ。大枚の借金をしてやっと建てることができた。その頃訪ねて来た知人から「家というものは庭があって一人前。家だけでは、まるで裸で立っているようなもの」と指摘された。

さりとて当時、庭を造る余裕はなかった。考えあぐねた末に以前の借家から鈴懸の木を移してはどうかとなった。その木はかつて遊園地に行った際、並木の端にひこばえ*として生えていたもの。それを持ち帰り育てていたのが大きくなっていた。４年ほど住んだ借家の庭でゆうに４メートルにはなっていた。

電車やバスでの持ち運びはできない。一家４人が大八車に積んで運ぶことにした。往復８キロの道程。子供はまだ小さく小学校に入ったばかりと4歳くらいか。一日がかりの歩きで、途中アイスクリームを食べた記憶がある。

それにしてもあの大八車はどこで調達したものか。今もって記憶はおぼろである。とにかく鈴懸の木をお隣との境に並木風に2本植えた。2本の鈴懸は成長しやがて2階の窓を超え屋根にとどくほどになった。風が吹くとさやさやと揺れ、カギッ子の息子は新築だらけの住宅地にあって目印にしていたという。

どれくらい経ってのことか忘れたが、一通の封書が来た。何と隣家からであった。巻紙に墨痕《ぼっこん》あざやかな字で「近くて遠いものは——」という書き出し、隣家との境に植えた鈴懸の木についてだった。

——鈴懸は別名プラタナスと言い、街路樹としてはいいが庭木としてはいかがなものか、根の張りが家の土台を壊したり葉もまた雨樋を詰まらせることもあろう云々。できれば取り除いて欲しいが、と遠慮がちな文面が今も心に残っている。

当方大変恐縮し、そして即、掘り起こし処分した。今にして思うと、私たちは非常識この上ない隣人であったのだ。この一通の封書が隣りあって住む者の心得を教えてくれていた。今、隣家のご夫婦は亡くなり、夫も亡くなったが、幸いこの街の住人として気持ちよく根を下ろすことができている。

鈴懸の花に閉ざせしブラインド　　潮原みつる

（2020年3月）

＊樹木の切り株や根元から生えてくる若芽のこと。（孫生え）

人間の花

咲き満ちてこぼるる花もなかりけり　　高浜虚子

暖冬の春の桜は、咲くのも早ければ散るのも早い。わが家の一本の桜にすらこんなにも心さわぐというのに。ウズベキスタンに咲く千本の日本の桜はどんなにも素晴らしかろう。

ハーストーリー1月号「対談」で、中山恭子先生を存じ上げ、そしてまたお話を伺うひとときがあった。先生は1999年中央アジアの一角、ウズベキスタン共和国の特命全権大使として着任。そこには、かつてソ連軍に強制連行された日本人たちが抑留生活の中、過酷な強制労働に耐えてなお、現地の人たちの心に残るつながりを残していたという歴史の秘話があった。

敗戦後、極東から貨物列車に詰め込まれ、シベリアを越え遠くウズベキスタンに連行された日本の軍人2万5千人。20代から30代の若者はその地で重労働を課せられた。いつ果てるとも知れない抑留生活と労働の中にあって「日本人として恥ずかしくないものをつくろう」と。

辛く厳しい中にあっても規律を守り勤勉に、几帳面に工夫して、監視の目があろうが無かろうが与えられた仕事をやり遂げたという。その仕事の立派さは首都タシケントにあるナヴォイ劇場やベカバード市の水力発電所、至る所の道路、建物、運河に残っている。その働く姿勢もまたウズベキスタンの人々の心に計り知れない影響を与えたという。

しかし、「いつか日本に帰る」という願いも叶わず、生命を終える人も多かった。中山大使はその墓地を訪ね、あまりの荒廃に呆然と立ち尽くしたという。砂漠の荒地に盛土があり記号らしい鉄の札があれば、それがお墓であろうかと。

「いつの日か、もう一度日本の桜を見よう」が合言葉だったと知り、「そうだ、この地に桜を植えよう。彼らの果たせなかった願いをかなえたい」。

2002年、日本から桜の苗木を取り寄せた。1300本の桜は現地の人々の協力を得て、日本人墓地はもちろん、ナヴォイ劇場、日本人ゆかりの場所や中央公園、大通りに植えられた。

その発想と行動力。何という優しい贈り物。それは女性大使ならではのものではないか。人の子の母として、女性として、また大使として。幼い日、北海道の大自然を生きた力が今、大使として国境を越え「人間の花」を咲かせる。

春は花、夏は緑葉を茂らせ、秋には紅葉《もみじ》する桜。異国に眠る人を見守ることの上に、かの地の人々の心に穏やかで平和を望む日本の「こころ」を伝えてくれよう。日本人として恥じない生きる姿を残した人もまた「人間の花」なれば、それを受けとめるかの地の人も「人間の花」である。

今年の桜を心こめて受けとめたい。

一花だに散らざる今の刻《とき》止まれ　　林　翔

（2020年4月）

「母の日」に寄せて

忍び来て摘むは誰が子ぞ紅苺　　杉田久女《ひさじょ》

八百屋の店先に、苺の大玉一粒がレース様の紙にくるまれ、化粧箱に収まって売られていた。苺が私の手の届かない高級品になっている。

枕草子に〝見たところでは別に変わったものではないのに、文字に書くと大げさになるもの〟という中に苺がある。「覆盆子」と書いて「いちご」と読む、形が〝伏せた盆〟ということらしい。

小さい頃、実家のさして広くもない庭の隅に苺がなっていた。遊びのさなか「あれっ」、何か赤い色がみえたぞと近寄って「いちごだ」と気付き、摘み食うのが私の苺だった。今あらためて思い出すと、その庭には驚くほどいろいろの実のなる木があった。あんず、びわ、すもも、山も、ゆすらうめ、ざくろ、柿、みかん、ぶどう…。

花の咲く頃、実の熟す頃、それぞれ季節は違うのだが、その木のあった場所、土の感触、木の枝ぶり、花の匂い等、五感の全てで覚えている。さしずめ5月の今どきは南向きの庭の真ん中にあった〝ゆすらうめ〟（山桜桃梅）のこと。

つやつやとした真紅の果実を枝いっぱいにつける。果実とはいうが、1センチほどの小さな実で甘酸っぱい。手の届くところから兄弟が争って食べるので、ある年、母は枝に木札をぶらさげて、兄の枝、私の枝、妹、弟のと背丈に合わせて区分けしたことがある。

庭の木の実がない時は、連れ立って裏山に行った。ここにも木いちごやしゃぶしゃぶと呼んでいた茱萸《ぐみ》があった。茱萸には棘もあり味も顔をしかめる渋味があった。そんな中、桑苺《くわいちご》というだけに桑の実は一段とおいしかった。黒紫色に熟れた実は軟らかくて甘い。頬張って急いで食べたのは、子供心にそれがよその畑のものだと気付いていたのだろうか。

その頃、村には人がよく出歩いていた。口を膨らませ走っているさなか、近所のおばちゃんに通せん坊をされたことがある。「何かしたやろ」と問いつめられ、口を一文字に結んで、「ううん」と首を振る。それが、まさに答えだったとも知らず。「口あけてごらん」。哀れ、口の中は桑の実の紫色に染まっていた。

「お母さんに言いつける」と迫られると、やにわにおばちゃんの前垂れにすがり、「お願いだから、お母ちゃんには言わんといて」「いいや言います」やりとりのあげく、最後には泣きながら「母には言わないでくれ」をくり返した。母を悲しませたくなかった。「母を悲しませたくない」、あの幼い日の思いは、いま老年になっても同じだ。

第2日曜日「母の日」が近い。それにしても苺という字の中に母があるのは無上に嬉しい。

ふるさとの庭のどこかにゆすらうめ　池内たけし　（2020年5月）

たかがマスクされどマスク

マスクして人にあらがふことも憂《う》し　麻生和子

マスク汚るほどに心の疲れたり　日向野凍香

年明け早々だった。私の住む奈良から新型コロナウイルス第1号感染者が出たと報道、観光バスの運転手だった。その頃、今のような事態は思いもしなかった。そのから数カ月のうちに、昨日はこう今日はこうと時々刻々、新型コロナウイルスの脅威は拡大。日本はもちろん、世界中をのみこんで行った。

感染拡大、医療崩壊、死者数の増加に国家非常事態宣言も出た。膨大な情報の中から、自分なりに正しくおそれて生きる他ない。外出自粛の中、自分の足元を見つめる静かな時間が多くなった。この感染拡大の当初からマスクは必需品だったが、そのマスクが容易に手に入らない。

手元には後生大事に5枚のマスクがあった。それは年始め東京に行く際、息子から「マスクをして行くよう」と手渡されたもの。1枚1枚は貴重品である。さりとてしょせん消耗品であり、なくなってしまった。いよいよ窮した頃、テレビで手作りマスクが紹介された。「そうだ、自分で作ろう」、押し入れの中から晒布《さらし》を見つけ出してきた。

昔から「奈良晒」は有名、染めて色よく、着て身に巻き付かず、汗をはじく布であり、清潔で涼しい麻布《まふ》、洗うと肌に優しい布である。長男が赤ん坊の時、襦袢《じゅばん》やおむつ、腹巻きを手作りして、残りの木綿晒が10メートル残っていた。苦手の裁縫とはいえ自分使用なので文句はない。

そんな折、甲府市の中学1年生滝本妃《ひめ》さんの記事を見た。13歳の少女は、薬局の前でマスクを買いそびれて途方に暮れる高齢女性を見かけた。「私がマスクを持っていたらなあ」、この思いのあと「そうだ、布マスクを作ろう」。妃さんは小さい頃から貯めていたお年玉から8万円をおろして布を買った。

ダブルガーゼと呼ばれる生地を型紙に合わせて切り400枚、子供用212枚を作り上げた。1枚1枚袋詰めをする時、「お役に立てたらうれしいです」と自筆の手紙を添えた。マスクは山梨県庁に持って行き、早速、高齢者施設や児童養護施設に届けられたのである。

新型コロナで心が暗くなりがちな日にあって、開けた窓から一陣の風が吹き抜けていった。自分のことで精一杯だった私を恥じた。専門家の間ではマスクの予防効果は限定的という見方もあるが、感染拡大させないためにも着用は必要である。たかがマスク、されどマスク。


マスクして我と汝でありしかな　　高浜虚子

（2020年6月）

花を召しませ

七月のころ白雲の蜂起せり　千代田葛彦《くずひこ》

七月や既にたのしき草の丈　日野草城《そうじょう》

梅雨明けの宣言というが、今心から待たれるのはコロナの終息宣言だ。梅雨空の雲を吹き飛ばす白南風《しらはえ》のごと、吹き抜けたあと青く澄んだ空が広がり、自粛生活から放たれて胸一杯深呼吸をして「夏は来ぬ」と歌いたいもの。

今年は花にとっても受難の春だった。桜は見頃を前に〝入園お断り〟の鎖が張られ、チューリップ園も色とりどりの花は茎を残し刈り取られていた。福岡のある600年前の藤棚も、その見事な花房がばっさり切り落とされた。理由はいわゆる「3密」を避けるためである。

一方わが家の周辺では、新たな現象が出て来た。朝夕のひととき三々五々散歩する人影が増えていた。その人たちから庭の一本の桜は声をかけられ、「あら咲きはじめ」「もう五分咲き」「今が満開」と愛でられていた。散りゆく時も惜しまれ、青若葉になるまで見守られた。

緊急事態宣言が出て「外出自粛、家にいることが一番の貢献」と心得たが、桜に代わって何か道ゆく人とがんばりの心を交わしたいもの。そこでプランター植えのチューリップに出番を願った。「花を召しませ、チューリップ」と。差し替え入れ替え色をかえてチューリップが活躍した。

そのうち種切れとなり止むなく植木屋に。この時期の植木屋は砂漠の中のオアシスだった。あれこれ迷うことなく撫子《なでしこ》を選んだ。このたびの自粛で春日大社境内にある万葉植物園も閉鎖になったが、撫子は今満開のはず、清少納言が「草の花はなでしこ」と詠ったカワラナデシコである。

「花を召しませ　なでしこの花」

この植木屋に同道したテレワーク中の息子は、小さな苗を手にしていた。

「何の花？」

「芭蕉」

「えっ、芭蕉？」

一瞬脳裏には俳聖芭蕉が浮かんだ。びっくりする間もなく「バナナだよ」。予想だにしない選択だった。それは10センチにも満たない苗だが、2年もすると1メートルにもなるという。やがて大きな花が咲きバナナがなるらしい。一見、根から小さな茎が出ているだけだが、その茎が驚くほどの葉にひろがると説明された。思うに、自粛の日々にあって息子の心が知らぬ間に広やかなものを求めたか。大きな葉は瑞々しい緑を展《ひろ》げる。そこに風が吹きわたる清々しさ。コロナ禍にあって人間を慰め励ましてくれるのは自然。そこにはウイルス感染も第2波、第3派の脅威もない。「花を召しませ　みどりの風にそえて」と。

真白な風に玉解く芭蕉かな　川端茅舎《ぼうしゃ》

ひるがへる芭蕉の葉より家軽し　水原秋桜子《しゅうおうし》

（2020年7月）

静かに祭りを思う夏

白地着てこの郷愁のどこよりぞ　加藤楸邨《しゅうそん》

自粛の日々、久々に押入れの整理をした。引き出しの底から懐かしい物が出て来た。何度かの片付けの際にもいつも捨てがたく、つい取りおいた息子の幼い日の物、四つ身の浴衣と絞りの兵児帯《へこおび》である。すでに50歳をも過ぎた息子達の古着は孫に引き継ぐ代物でもない。他人《ひと》にとってはただの屑《くず》、自分にとっては宝物というではないか。遠い日、夏祭りの夕べ、白絣の父に連れ立って、幼い者たちがはしゃいで出掛けた姿が甦る。その日は早めの食事と入浴をすませ、遠く聞こえるお囃子の鉦《かね》や人々のざわめきに急かされて—。

あの頃は、貧しい暮らしむきの上、共働きの親の慌ただしい日常があって、行き届かない子育てのすべてに許しを乞うような祭りのお出掛けであった。この小さな浴衣と兵児帯は、祭りの夜の醤油垂れの香ばしい匂いや物売りの呼び声や色とりどりのあて物のすべてを思い出させてくれる。思えば、あのハレの日の思い出は家族の絆であった。

記憶や体験の共有は、ほんの小さな事であれ、人が生きていく時大きな力になる。一見、あまりにも些細な事柄や日常の積み重ねもまた家族の絆になる。ましてや祭りの非日常がもたらす感動は、大きな宝である。

その祭りが今年は楽しめそうにない。新型コロナの感染拡大をうけ、全国で祭りや祭事の自粛が決められた。大阪の天神祭の船渡御《ふなとぎょ》も、京都の祇園祭の山鉾巡行も、東京の神田祭りも、青森のねぶた祭りも中止という。

祭りだけではない。夏の風物詩ともいう甲子園の高校野球も中止になった。大会出場を夢見てずっと練習に励んで来た球児たちの無念は、思いやるだけで胸が痛い。

♪雲はわき　光あふれて　天高く　純白の球　今日ぞとぶ　若人よ（略）…

「栄冠は君に輝く」は大会の歌である。作曲者・古関裕而《こせきゆうじ》は自伝『鐘よ鳴り響け』の中で述べている。〈戦後復興もままならなかった昭和23年、作曲を依頼され無人の甲子園グランドのマウンドに立ち、周囲を見回しながら、ここに繰り広げられる熱戦を想像しているうちに、私の脳裏に、大会のメロディーが湧き、自然に形作られてきた（略）〉

無人の甲子園であっても、人間は想像の翼を羽ばたかせる事もできるのか。

そうだ、この夏は無いものねだりはするまい。祭りのない静かな夏だからこそ、できる事がある。祈りだ。そもそも祇園祭りは疫病退散の祈りだった。天神祭りも、疫病や大水という災害を鎮めて祈ったものだった。五山の送り火、灯籠流しも、ご先祖への祈りの行事。この夏は、一日も早いコロナの終息を静かに祈りたい。

昨年よりも老いて祭りの中通る　能村登四郎《のむらとしろう》

（２０２０年８月）

今朝の秋

颱風が日本列島の尾を掴む　日野草城《そうじょう》

「二百十日」「二百二十日」という時候のことばを近頃はあまり聞かない。立春から教えて210日目の9月1日か2日頃は台風がやって来る日とされていた。それも暴風・豪雨の「嵐」である。

その嵐の一つ、第2室戸台風（ナンシー）のことは忘れられない。1961年9月16日、室戸岬に上陸したそれは、後にわかったのだが、戦後最大の被害をもたらしたのだった。当時、貧弱なアパートの2階一間に住んでいた。強い風は、周囲の建物の様ざまな物を吹き飛ばしつつ迫って来て、やがてアパートの窓も吹き飛ばした。吹き込む雨を防ごうと大慌てで畳をあげ、窓に立てかけ風に耐えた。

それは出産予定日の一日前のことだった。翌朝、明けるのを待ってタクシーを呼んだ。奈良公園を横切って走る道の左右には、松や檜の大木が倒れたり折れたり、またそこかしこにお寺の瓦が割れて散っている。惨たんたる光景だった。

にもかかわらず、公園の辺り一帯は清々しい香り、芳香に充ちていた。枕草子の〝野分*のまたの日こそ、いみじうあはれにをかしけれ〟さながらだった。余談になるが、わが家の宝物「法華堂」「音羽山」「矢田山」の字の入った鬼瓦は、その日の拾得物だ。

そして、その朝私は男の子を出産した。足の裏にマジックで「コウノベビー」と書かれた赤ん坊と初対面したのは翌朝だった。感無量。病室の窓から「今朝の秋」を見た。台風一過。高い空、雲、風の匂い、空の光——何もかも初めてのもの。小さな生命と一緒に見ている。

私は母になったのだ。

遠く近く運動会の練習の音楽が聞こえる。やがてわが子も—と思うや、傍らの紙に高ぶった思いを書きつけた。隣のベッドに付き添う方から「お産のあと、すぐペンを持つものじゃない。年とってから目が悪くなりますよ」と言われたが、でも書かずにはいられなかった。

溢れる思いは安心と感謝だった。妊娠6カ月の時勤めている障害児施設の子が風疹になり、その隔離看護をした。風疹による胎児への影響、心疾患、難聴、白内障のことは知っていた。が、「天の配剤」と受けとめる決意もあった。

働きながら子供を育てる決意は、乳児保育所、学童保育所を作る運動や母親大会の出席へと駆り立てていた。因みにその年の大会テーマは「子供のしあわせのために　しあわせな母になるために」だった。今その子がここにいる。母になった日の「今朝の秋」は忘れがたい。

今年も台風の季節になった。地球温暖化でシベリアの永久凍土が溶けているとか。その年の颱風はきついとか。まことに平穏を祈るばかりだ。

今朝秋や見入る鏡に親の顔　村上鬼城《きじょう》

（2020年9月）

＊野分（のわき・のわけ）…台風の古称。

昆虫すごいぜ

庭先に小さな石を立てて虫のお墓が一つ。5歳の孫の懸命の作。つい1年前にはセミのぬけ殻をこわごわ指にはさんで駆けていた子が、この春から夏のコロナ自粛の日々、父親の助けを借りながら、「虫捕り」に明け暮れ、いつか虫博士と言われるほどにもなっていた。

今は秋…、「じんじんと鳴き細りをり秋の蝉」（高浜虚子）——孫もまた泣きべそをかきつつ、お別れせざるを得ないことが多いようだ。

さして広くもない玄関の土間の壁面いっぱい飼育箱が並んでいる。そこには、カブト、クワガタ、カマキリ、キリギリス、ナナフシ、ザリガニ、コガネムシなどの卵から幼虫、成虫いろいろいるらしい。来客者は飼育箱を見て「ほおっー」と顔を近づけ関心を持つ人もいれば、箱の中でガサゴソと音がするや「ええっ」とのけぞって怖がる人もいる。

かくいう私も虫のことはいっこうに知らないが、早朝の一瞬、太陽が差し込む時、ミドリ色や濃紺に輝くコガネムシや漆を塗ったかと思うつややかなカブト虫に見ほれはする。が、それ以上でも以下でもない。ちなみに孫の母親は虫が苦手で、孫には「いつか虫を飼うのは止めてね」と引導を渡している。

ともあれ、飼育箱の虫には各々の食べ物が与えられている。楢《なら》や櫟《くぬぎ》の葉っぱとかゼリー状の餌

とか。新鮮な葉を与え糞《ふん》の掃除をするために父である息子は早起きが欠かせない。この昆虫コーナーを小さな昆虫館というなら、さしずめ館長は5歳の孫で、その父は飼育員ということか。孫はじゅうぶん世話しているつもりらしいが、息子に言わせれば「虫に遊んでもらっている」のが本当らしい。それでも生命に関わるということは無常な世界に向き合わざる得ない。

ある時、「淋しい」と泣きじゃくりながら家に上がり、私のエプロンに顔を押しつけて泣いたことがある。コガネ虫を放ってやった日のこと。納得の上で放ったが、飼い主の自分と一緒にいるのが一番良かったはずと泣く。自分こそは虫の一番の味方だと。その思いは雑木林でカラスに食われ頭だけが野ざらしになったカブト虫を見たからか。それは孫の心に、生きていることの厳しくはかないことを教えたようだ。

遠い日思い出の中の息子。ちょうど孫と同年の頃、小豆島の山の寺を辞しフェリー乗り場に続く長い坂道を「ハンミョウ」「ハンミョウ」と追いかけて走っていた姿、あの幼い者はいつの間にか大人になり父になっていた。

小さな生命の懸命に生きる姿を胸に焼き付け、生きている生命もやがて死ぬ生命と知る人になって――「昆虫すごいぜ」（孫が夢中なテレビ番組名）、としみじみ思う。

鳴き立ててつくつく法師死ぬる日ぞ　　夏目漱石

（2020年10月）

お日さまから電気をいただく

人は一生のうち何度家を建てるのだろう。不思議なご縁で私は三度新築に携わった。と言っても、自分の住む家のことではない。「かかしの家」という障害児の家である。

重度な障害を持つ子らが、親なきあと支援を得ながらも安心して生きていける「ケアホーム」。去年の11月、屋根に取り付けた太陽光パネルの発電開始をもって三つ目の家が完成した。

今年はコロナの脅威、自粛つづきの日々があり、かてて加えて夏は酷暑、秋は異常気象の大荒れに見舞われた。そんな中、唯一の安心はケアホームの存在だった。このケアホームが何よりの喜びとするのは、地下のシェルターと屋根の太陽光発電設備である。

設備があるということではなく、障害を持つ子の家が地域に開かれていて、かつ、未来へのメッセージを発しているということだ。ケアホームは寮の仕様の広さがあり、従って地下シェルターは地域の防災避難の拠点として位置付けを得た。

一方、屋根の上の25枚のパネルは再生エネルギーとして、地球温暖化の中で「壊れていく自然を守りましょう」と呼びかけ、市民共同プロジェクトで得たもの。太陽光パネルの裏には187人の協力者の名前も記した。そして大勢が見守る中で点灯式。暗幕で真っ黒の中「点灯!」。一同息をつめるその時「ポッ」。お日さまからいただいた電気がついた。当たり前とは思えない。

深い感動の中で、ふと重度障害を生きた父の〝おひさま〟の詩を思い出していた。

明るい朝は自然なり／暗き夜も自然なり
生きていることも自然なり
不思議な日輪仰ぐべし／昔も今も変わりなく
あしたは東より／夕べは入りありりと
なにを教えてござるかと
生死をはなれて悟れよかし（略）

口にすると何故か肩の力が抜けていった。お日さまと共に生きていることの幸せ。父は手足の不自由さが故にいただいたものだったか——。

地球温暖化、脱炭素社会、CO_2の削減、パリ協定、ＣＯＰ25、と叫んで来た私。折からの国連気候行動サミットでは、スウェーデンの16歳の少女グレタ・トゥンベリさんが各国首脳を非難していたが…。

お日さまから明かりをいただいたこの瞬間、少しだけ謙虚でいたいと思いはじめた。生きている時、「誰かのせい」でもなく解決できない事は多い。どうしようもない悲しみに打ちひしがれることもある。が、お日さまと共にあるという幸せの大きさ。家新築の日の大きな喜びだった。

いささかな価乞《おいめ》はれぬ暮れの秋　与謝蕪村

（２０２０年11月）

コロナ禍のこの一年

年は唯黙々として行くのみぞ　高浜虚子

この1年も終わろうとする。コロナに明け、コロナに暮れた。グローバル化した昨今、世界中がものの見事に足もとをすくわれた1年でもあった。

年はじめ、最初の感染者が出た時、誰一人、これほど蔓延するとは思わなかった。世界中の指導者にしても、それは中国の出来事であり対岸の火事にすぎないと思った。

ことの発端は、昨年の12月、中国湖北省武漢で起きていたのだ。武漢市の海鮮市場に出入りする61歳の業者が肺炎による呼吸不全で亡くなった。この原因不明の肺炎は感染拡大するものだとネット上で呼びかけた若い医師は処分を受け、2カ月後に死亡。この小さな記事が示すウイルスこそは、世界中を混乱に陥れた新型コロナであった。

知らないということは恐ろしい。当初、武漢と聞いて25年前に行った武漢・重慶間の長江クルーズの旅を思い出していた。当時、その地には三峡ダムが予定されており、高校で漢文の教師だった夫は「三国志」や李白の詩で有名な「白帝城」「赤壁」の旧跡が水没する前に是非、と急ぎ連れ立った旅である。

武漢の思い出というより揚子江の大きさに圧倒された記憶のみ。それだけに2月、クルーズ船ダイヤモンド・プリンセス号には人一倍の関心があったが、横浜港に留め置かれた豪華客船の中では、やがて日本国内で猛威を振るうことになったコロナウイルスとの闘いが繰り広げられていたとは。

この時も危機感は乏しかった。そんな私に緊張感をもたらしたのは、1月末、奈良に住むバス運転手が国内感染第1号になったこと。わが身に迫ってはじめて心構えができた。それから続く日々は「緊急事態宣言」、外出自粛、テレワーク、学校・園の休校。妙なことに一家5人の家事でかえって忙しくなってしまった。

新型コロナの恐怖を決定づけたのは志村けんさんの死の知らせだった。指定感染症である故に人生の終わりにあって「ありがとう」を告げることも許されないとは。衝撃であった。

この1年、あまりにも多くの言葉を口にしてきた。クラスター、PCR、パンデミック、オンライン、ロックダウン、ズーム、リモートワーク、ステイホーム、ソーシャルディスタンス、エクモ等々。カタカナ字が多い。時代が移っているのだ。

歴史をひもとくと奈良時代にも疫病はあった。『続日本記』『正倉院文書』に天然痘の蔓延の叙述がある。3年に及んだ天然痘で当時の人口の5分の1、100万人が亡くなったとか。東大寺大仏の建立は疫病克服の祈りの証しだとか。占いや祈祷の時代ではないが、1日も早い終息を祈る気持ちに変わりはない。（2020年12月）

自分へのエール

松過ぎの又も光陰矢の如く　　高浜虚子

年のはじめ、新しい手帳の表紙裏にマザーテレサの言葉を心こめて書きつける。

思考に気をつけなさい、それはいつか言葉になるから。
言葉に気をつけなさい、それはいつか行動になるから。
行動に気をつけなさい、それはいつか習慣になるから。
習慣に気をつけなさい、それはいつか性格になるから。
性格に気をつけなさい、それはいつか運命になるから。
（梅沢辰也氏紹介）

１９９８年1月、インドのマザーテレサの施設を訪ねた年のことを思い出しつつ、今年の言葉にした。年ごとに、その1年への思いを手帳のはじめに書く。手帳は私の宝物。大学に入った年から書いていて、今も53冊が手元にある。２０２１年の年頭、自分へのエールで今年も始まる。

この片手にのるほどの軽くて薄い手帳なのだが、一年の終わりには分厚くなって持ち重りのするほど様変わりをしている。コロナに見舞われた昨年の手帳は、行事予定欄は中止休止の斜線が続き、空白の月が多い。自由欄は何とか心を調え高めていたいと、切ない言葉が並んでいる。

例えば、昨年の11月には「不屈の楽観主義で生きて行こう」と書きとめている。『ハーストーリー』

11月号の熊谷弘氏の寄稿文から頂いている。今までに遭遇したことのない新型コロナに向かってなす術もなく、新聞の切り抜きで国内と世界の感染者数・死者数を貼り付けて手帳は2～3倍にもふくれあがっていた。

思うに手帳は私にとって分身であり、唯一無二の存在である。自分を律していきたいと願うばかりに。悲しいこと、つらいこと、ピンチの時、手帳をいつも手にしていた。忘れてしまいたい出来事もあったが、自分を修めてくれたのは手帳だった。日々の怠惰に対峙して静かに諭し励まし見つづけてくれた存在。

家にいる時は机の上に、出かける時はカバンの中にいて支えてくれた。そうして一日一日が過ぎた。様々な出来事や思いをのせて時は過ぎ去っていきましたと手帳たちは言う。私の心のうちに、体のうちにもそれらは積もっているが、意外にも身軽なのは、それも手帳のおかげなのだろう。最近は思うように身体も動かなければ、頭も働かない。記憶にいたっては、覚えては忘れの繰り返しで、手帳のあちこちに書きとめてはいるのだが、それがどこであったか定かでない。

こんな私を支える手帳に年はじめ万感の思いを込めて言う。ありがとう。そして今年もよろしくと。

（2021年1月）

彼の時の彼の日の空白古日記　　山田みずゑ

老いて創《はじ》める

春めくと思いつつ執る事務多忙　高浜虚子

「いまさら」と知人に揶揄《やゆ》されながらパソコン教室に通い始めた。この年になると習い事は難しい。教わる端から抜けていく。手も思うように動かない。

思い返すと、若き日、いまからもう60年前になるが、和文タイプを習いかけた時がある。第一子の産休のとき、休みの日々がもったいないと始めたのだが、出産とともにやめになった。1980年代に入り、職場にパソコンが導入された。「教えましょう」と言ってくれる人もありながら、つい目先の忙しさにかまけて機を逃してしまった。

定年前の職場、教育研究所では少なくとも年1回の研究論文が義務づけられ、それはパソコン入力によるものだった。その時も手書き論文でパソコン入力は人に頼んでしまった。いま思うと機会はありながら自分から遠ざかっていたと気が付く。

そして定年を迎え、人生の闘いから半分降りた気になっていたのだろう。「時代遅れ」と自嘲しつつ生きてきた。パソコンに限ったことではない。幸い、紙の世界が救ってくれた。情報や通信は新聞・手紙・ファックスで済ませて不自由不便はなかった。

が、事態は少しずつ変わってきていた。17年前夫を亡くした年、一人暮らしの必需品として携

帯電話を持った。6年前息子一家と同居の際スマホに替えた。いまだにスマホ機能を十分使いこなせないまま、今日に至っている。いまや電車の中で新聞を読んでいる人は自分一人になった。この頃は、新聞を切り抜きして読んでいる。これはもう意固地の姿なのか。

そんななか、このたびのコロナ発生は有無を言わせず生活を変えてきた。自粛生活では息子はテレワーク、小2の孫はタブレット片手にオンライン学習である。かくいう私にも変化はやってきた。いつの間にか会議のスタイルはズームになり、講演もオンラインでの参加という。

昨年9月の新内閣では「デジタル庁」が新設された。行政手続きもデジタル化される。ペーパーレスを目指し、またハンコ文化にもメスが入った。コロナ感染対策が取りも直さず遅れていた日本の暮らしの形を変えていくようだ。暮らしの変化は否応なく社会を変え、そこに生きる人の人生観も変えていくだろう。いまだから、自分から変わっていきたい。

「老いて創《はじ》める」という言葉は聖路加国際病院長の日野原重明氏の言葉だが、老いて何かを創めることが、老いを意義深く生きる上で非常に大切だと…。

生前親しくさせて頂いた河合隼雄氏の、老年になってからのフルートを聴かせていただいたことがある。しみじみと沁《し》みいる音色だった。この年になって何か進歩する、ということがあるのは、ありがたい。（2021年2月）

10年目に思う3・11

東日本大震災から10年。今も忘れられない歌がある。詠み人は知らない。

かりそめに　死者2万人というなかれ
親あり 子あり はらからのあり

3・11に限らず、新聞を通して死者、行方不明者の数を聞かない日はない。そんなとき、心の中でこの歌をつぶやく。昨年からは新型コロナウイルスの感染者、死者の数。住んでいる地の、東京の、大阪の、いや世界中の国々のコロナ禍にある人の数。そのつど数のむこうに「親あり、子あり、はらからのあり」とつぶやく。

10年前。3・11の死者1万5千899人と知ったが、その中の85人の死がこの場所であったという地に立ったことがある。宮城県石巻市大川小学校の校庭である。その時、震災から9カ月を経ていたが。「がんばろう　石巻」と大きく書かれた被災地であった。津波が一つ残らずさらった草地によく見ると歯ブラシやランドセルの一部が「さっきまで日常がありました」と告げていた。

大川小学校も同じだった。想定外の津波を受けて生命の瀬戸際で85人の阿鼻叫喚の声が地中から湧き上がって胸に迫った。この体験は私にとって欠くべからざるものだった。その一週間後、被災地の子供、小学3年～高校3年の25人の団長として「キプロス青少年ツワー」への参加が決まっていた。被災地の子が受けたであろう悲しみや苦しみを母親役の私も受け止める必要があったのだ。

当時、被災地には、124カ国から国際支援の手が差し伸べられたと聞く。その一つにキプロス共和国があった。キプロス共和国外務省、チャーチ・オブ・キプロス、ボランティア・ドクターズ等。過去15回の中東平和女性会議を通し旧知の国キプロスから「東日本の寒さの中で過ごす子供をクリスマスからニューイヤーにかけて暖かい太陽の国でどうぞ」というもの。

地中海に浮かぶ小さな国キプロスでは12月24日から1月7日の15日間、国をあげて歓迎してくれた。彼の地のテレビに7回出演、「大統領に会った日本の子供たち」と言われた。人たちだけではない。自然の恵みも加わった。日本は寒季にありながら、キプロスではブーゲンビリア、ハイビスカス、ヤシの木などが続く太陽の国。震災の恐怖が心から離れず、なかなか立ち直れなかった子供は、人の愛と自然の恵みの中で癒されていった。限りない恩恵をうけ瞳には輝きが戻っていた。

中東平和女性会議で出会ったヨルダン初の女性大臣イナーム・アル・ムフティ女史の言葉、「人は胸の中に1本のロウソクを持つ。そのロウソクが燃えていなければ、他のロウソクに火をつけることは出来ない。そのためにあなた自身が変わりなさい」が蘇る。

あれから10年。9歳は19歳、18歳は28歳の若者になった。キプロスで頂いた愛と友情の火は燃えているだろうか。復興への灯となっていることを信じている。（2021年3月）

たんぽぽによせて

陽ざしの暖かい日、うれしくて外に出る。門扉と道路の間の5センチにも満たない隙間に「あれっ、たんぽぽ」。このたんぽぽは、いつも地面に張り付いて葉をひろげていた。まるで掃除の行き届かない家の象徴のようで、少しでも伸びようものなら、むきになってむしっていた。そのうち、すっかり忘れ果てていた。今、蒲公英色もあざやかに「春ですよ」と告げている。

散ってすがれたたんぽぽの、
瓦のすきに、だァまって、
春のくるまでかくれてる、
つよいその根は眼にみえぬ。
　見えぬけれどもあるんだよ、
　見えぬものでもあるんだよ。

（金子みすゞ「星とたんぽぽ」より／出典『金子みすゞ童謡全集』JULA出版局）

昨年末でもって気象庁は、タンポポの開花のお知らせは幕を閉じたと報道していた。70年近くも続いてきた動植物観察はウグイスの初鳴きや、モンシロチョウの初見など、季節の訪れを示して来たのだが…。地球温暖化の影響で「季節外れ」が出てしまったり、トノサマガエルやシオカラトンボなどは、数が減って観測が出来ないらしい。その上、今の世の中は多くの人が草花や昆虫に無関心になったことも観察終了の理由だと記されていた。

私事だが、「たんぽぽ」には思い入れがある。障がい児学校の教員だった頃、教え子たちの行く末、働き場所、居場所を求めて「たんぽぽの家」作り、運動を始めた。その一環で、物書きでもない私が本を書いた。『お母さん僕が生まれてごめんなさい』という。その初版本の裏表紙には著者紹介があり、「彼女には〝翔んでる女〟ということばがぴったりである。翔ぶ前に考えるよりは翔んでから考えることが多い。失敗することも時折あるようだが、踏みにじられても死にはしない、その根強さ、そして太陽に向かって咲くその明るさ。このたんぽぽ魂が、彼女の人生の支えである。」と。

〝翔んでる女〟は本が出版された前年の流行語であった。自立を求める新しい女をあらわす言葉だが、それとはうらはらに私は至って古い女である。ただ(たんぽぽ魂の人生)はうれしかった。

幼い日の故郷の土、土の匂い、土のぬくもりはたんぽぽ魂の根っこにある。コロナ禍の中、終わりの見えない不安はあるけれど、今朝見た一本のたんぽぽの花が励ましてくれる。我慢していれば必ず事態は変わってくると。

いつもと同じありふれた日常の中にあっても、小さな喜びは生きる力。見えないけれどもあるんだと、見えぬものでもあるんだと。

たんぽぽと小声で言ひてみて一人

星野立子《たつこ》

（2021年4月）

コロナ禍の中の小さなよろこび

立夏なり煌《ひら》めく水を先ず打たむ　相生垣瓜人《あいおいがきかじん》

コロナ禍も2年目に入った。昨年は新型ウイルスが猛威を振るっていたが、最近は変異型ウイルスも広がり始めている。ワクチンも生産国や製薬会社が名をつらね「地球規模の事態」である。先が読めない息苦しさから抜け、戸外に出る。木々は瑞々《みずみず》しい新緑の装い溌剌《はつらつ》とした五月。人生で言うなら青春。若やぐ自然の中に身をおいて、年を重ねてきた来し方とこれからの行く末に思いをはせる。

年を重ねるとは何なのか。動きは鈍くなるが、気力はまだまだ健在である。そして、心の奥行きが広げられたことも感じる。小さな進歩にも喜びを感じるから妙である。

昨年春の緊急事態宣言は自粛を強いた。先の座標軸で、その中で始めたパソコンの学びで老いてなお「進歩」することがあるのは有り難いと記した。この喜びはパソコンにとどまらなかった。コロナ禍の中でも〝3密〟を避けつつ動きはじめていた。関わっている団体では、ズームなどによるオンライン形式で会合を開き、学びの場はオンラインで、イベントも距離の確保を条件に開催をしはじめた。

当初、ウェブ会議だの、オンラインは他人事と受け止めていた。他の人ならいざ知らず、機器音痴の私である。「できるかしら」と恐る恐るの一歩を踏み出す。傍《はた》から見ればまるで未開人が新たな文明に遭遇したかのような、その真剣さは滑稽この上もなく見えよう。そんな自分のおそれとは別に、いつしか会議はズームが定番になったのである。

そして、いつの間にかオンライン講座や視聴に自分から加わりたいと変わってきた。この方法での参加が、今の私にいかにふさわしいかを実感したから。

今年、年明け早々の新春講演を例にとれば、過去の時には、正月明けには新幹線で東京に行き、講演会場に近い宿を確保し、という作業の後に参加しえた学びの場であった。

けれど、オンラインとなれば、このすべてが省略され、自宅に居ながらにしてかなうではないか。自宅の書斎で、パソコンの前に座れば、即それが新春講演の会場となる。

しかも、その席でヘッドホンを着ければ生活の雑音もなくひとり講師と対面し記録し、途中休憩となれば数歩のそばの洗面所で用をすませ、ついでにキッチンで熱いコーヒーを一杯。終了は、パソコンを閉じると即日常だ。

まるで夢のよう。こんなことが許されていいのか。この歳にしてこの素晴らしい世界を知る。まさにこれはコロナ禍がくれた、コロナ禍の中の小さな喜びである。

夏に入る野草の力湧くごとし　田中鬼骨《きこつ》

（2021年5月）

トマトのひとりごと

濡れている西日の中のトマト買う　　三浦あきら

5人家族の台所をあずかって6年目になる。3日と空けずに買い物に出かける。まず立ち寄るのは野菜売り場。旬の野菜を求めたい。根菜は切らしたくない。ボリュームの出る野菜も加えたい。できれば、彩りを添える野菜がほしい。そんなときトマトはいつも目にとまる。実家は農家ではないが、家の前にはトマト畑があった。

子供の頃、竹で編んだ大きな籠をもってトマトを買いに行くお使い。鮮やかな紅色、淡い赤色、熟しているのやら、いないのやら適当にもぎ取って籠一杯にする。トマトの茎は高さ1メートル程、幼い私がもぎ取れる物だった。その匂いも大好きだった。

大学に入ってすぐは寄宿舎生活だったが、その4人部屋の窮屈さに慣れなくて、お金もない私が下宿生活に切り替えた。案の定、食べることさえ事欠く日々、いつもお腹をすかせていた。そんな私の命をつないでくれたのはトマトだった。

校門を出て下宿に向かう道筋にたった1軒、八百屋さんがあった。店先に一山いくらの訳ありトマトが売られていた。形の良しあし、大小さまざま、熟し過ぎ、痛みかけなど混じっているのが唯一私の手の届くものだった。

トマトがある間、クラッカーとトマトで生きることができた。かつて抱え持ったトマトと違って、あまり匂わないのが不思議だったが。トマトは、私にとって格別なもの、いのちの指標である。

この春から孫の一人が小学校にあがった。赤ん坊の時から一緒に暮らしてきたので、親の思いには及ばないが感慨一入《ひとしお》である。先日新聞に、小学1年生へのアンケートで「将来何になりたいの?」が載っていた。男の子の1位は警察官、あと医師、ユーチューバーとか。

早速、我が家の孫に聞いてみたら、意気揚々と「1番・恐竜博士、2番・指揮者、3番・お笑い芸人」と何ともとぼけた答えが返ってきた。


トマトがねえ/トマトのままでいれば/ほんものなんだよ

思わず口から相田みつを詩集『にんげんだもの』のなかの〝トマトとメロン〟の一節が飛び出した。この孫が、大人になる日をみることはあるまいけれど、「どうぞトマトよ、トマトのいのちを精一杯生きておくれ」と心底願う。そのあたりまえのことが難しくて、つい相田みつをさんが言うように「トマトにねえ　いくら肥料やったってさ　メロンにはならねんだなあ」をやってしまう。

コロナ禍のなか、マスクをつけて何のこともなげに「行ってきます」と出かけていった孫よ。ありのまま、ほんものを「生きてらっしゃい」と言おう。(2021年6月)

「マイ・ベンツ」と生きる

七月や既にたのしき草の丈　日野草城《そうじょう》

かれこれ50年前になる。今の所に住み始めたころ、隣家のご主人と出勤が重なり「ご一緒しませんか」と声をかけたら、「いえ　マイ・ベンツがありますから」とさわやかな声を残し自転車で駆け抜けて行った。この一声はずっと心に残った。

当時私は車に乗っていた。赤色のルノーで運転はうまくないが、子育ての身には必需品であった。通勤のはじまりは乳母車だった。その3年後、第2子の誕生は自動車を必要とした。上の子は保育園に、赤ん坊は乳児のための保育所と二つの施設を回った後、自分の職場に向かうのだが、職場までは38キロ離れており8時の始業時間に滑り込むのは実に至難の技であった。帰りはこの3カ所に加え夕食の買い物が加わって家路につく。

1960年代、当時の道路は工事中が多かった。戦後復興の続く中にあって建築物も多く道は荒れていた。その為か､車はよくパンクした。パンク修理は自力である。まず車を道の脇に寄せ、スペアタイヤと取り換える。ジャッキで車をあげ、ボルト・ナットをゆるめてタイヤを取り換え、再び締める．ハイヒールの靴でカンカンと蹴っていた。すべて若く力があった。

そんな頃、車の助手席には柳行李《やなぎごうり》に寝かせた赤ん坊と、後部に3歳の子。時に急ブレーキをか

けようものなら柳行李は落ち赤ん坊は泣き、後部座席の子も泣く。母の私も泣きたかった。その赤ん坊が小学校に入った時、車はすっきり止めにした。赤いルノーは廃車にし、車庫に留まった。やがてクラシックカー好きの人に貰われていった。その後、通勤の足は単車に変わった。ホンダ50cc。これも快適であったが60歳定年になり、時間に追われなくなった時、自転車と徒歩になった。

かつて隣家のご主人が言った「マイ・ベンツ」のさわやかな響きを、やっとわが身に響かせることができるのだ。いつか自転車のことを「マイ・ベンツ」と呼ぶようになった。だれかが自転車のことをチャリンコというのを聞いた、ママチャリとも聞いたが、私は違う。

その身軽さ、軽快さは車にも、単車にも味わったことがないもの。ベンツだ。ベンツは高級車のことだとか。私のベンツは別の響きである。家族の一員としての親しみと、暮らしの担い手としての敬意をこめている。

陽光をいっぱいに浴び、風を全身に受け、木々の陰を行き、花の匂いをいち早く届けて――今、コロナ禍の中、ふさぎ込んでいる私を「時には外の空気を吸いませんか」「ひとっ走りしましょうよ」と。

ＳＤＧｓ（持続可能な開発目標）の取り組みとして、地球にやさしく生きようとする今、マイ・ベンツとともに生きている。

七月のころ白雲が蜂起せり　千代田葛彦

（２０２１年７月）

禍転じて福となす

そよりともせいで秋たつことかいの　鬼貫《おにつら》

この暑さの中、ワクチン狂騒曲とオリンピック交響曲が同時に鳴り響いている。長年障がいのある人たちに関わって生きて来た身には、パラリンピックこそはメダル抜きに心こめて応援したい。そして学びたい。彼らの精神「失われたものを数えるな、残されたものを最大限に生かせ」をモットーに生きる姿こそは今、求められる姿だと思うから。

コロナ禍に見舞われて一年はゆうに過ぎた。ワクチン接種に出口を求め、未曽有の国難を乗り切ろうとする今、パラアスリートたちの生き抜く力・復活力・回復力を学びたい。

10数年前の夏、禍福を一身に生きた方に出会ったことがある。「しいのみ学園」の園長、昇地三郎先生である。ある出版社の30周年記念の会場であったが、開口一番、「この8月16日の誕生日で101歳になりました」に驚く。その日の洋服は真っ赤な帽子、真っ赤なスーツ、ピンクの蝶ネクタイ、胸元に胡蝶蘭の生花、若き日、ベストドレッサー賞に選ばれたと聞くだけに素敵ないで立ち。次の一言にまたびっくり。「さきほど世界一周の旅から帰ってきたところです」。その旅とは、後に知ったことだが100歳を機に始められたという。ニューヨーク～トロント～サンパウロ～ダカール～リスボン～ブリュッセル～アムステルダム～ベルリン～ストックホルム～へルシンキ～イスタンブール～台北～上海という旅程。しかも単なる旅行ではなく、「１００歳の健康」についての講演の旅である。

「こんな私ですが、生後半年目、飲んだ牛乳が原因で中毒を起こし、15歳まで身体虚弱で何をするのも人の後をついていくのがやっとでした。それ故に〝一口30回噛む〟習慣を身につけた。『何を食べるか』は大事だが『いかに食べるか』はもっと大事です」と、１００歳を過ぎた方にして張りのある声、その笑顔、白い歯並びがまぶしい。

その身体の健康以上に禍福あざなった生き方の見事さは、かねて著書『しいのみ学園』ほか多くの著書で存じ上げていた。先生の３人のお子様のうち２人が脳性麻痺であったことから私財を投じて施設、学園を創設された。それは戦後間なしのことであった。我が子と障がいのある子たちの療育に当たり、心理学・医学・教育学・文学・哲学の学びは五つの博士号をとる程に励まれたのだった。その先生にして「しいのみ学園」10周年記念にのべた言葉は忘れられない。

　　小さきは／小さきままに
　折れたるは／折れたるままに
コスモスの花さく

禍《わざわい》転じて福となす生き方は、こんなにもおおらかで　豊かな心が核にあったとは。

（２０２１年８月）

小さないのちに出会う秋

庭の隅、陽当たりと風通しの良い所は雑草の繁りも早い。そこに、秋が来ると一群れの白い小ぶりな花が咲くのは知っていたが、なんと、これが秋の七草フジバカマと知ったのは昨年のこと。絶滅危惧種であまり目にしない花だけに雑草扱いで済ませてきた。

ところが昨年、お寺の庭で坊守《ぼうもり》さんから、フジバカマと教わり、この花にはアサギマダラという蝶がくるという。「ほら、今とまっていますよ」と。一瞬の出会いであっらが、この出会いには心揺さぶられた。そのふわふわと飛ぶアサギマダラという蝶は「旅する蝶」という。5〜6センチにも満たず羽を広げても10センチの小さな蝶が海を渡って2000キロ、いや3000キロも飛翔するとは、にわかには信じられない。

四国に生まれ、結婚して奈良に住んだ私。新婚のころ、喧嘩のはずみで「出ていけ」と言われた時がある。何が悲しいといって瀬戸内海という海がうらめしかった。今見るアサギマダラはその海を渡るというではないか。ある研究によると、奈良の生駒山《いこまやま》を9月29日にマーキングされた蝶が、10月18日与那国島《よなくにじま》にいたという。20日間で1680キロも飛ぶのである。

一、はるかな海のかなたから／春をひらひら舞いながら
渡ってくると人のいう／まぼろしの蝶を／知らないか

二、かすかにひかる地平線／まだ見ぬ国を夢みつつ
嵐にたえてけなげにも／かよわい蝶は／夜をとぶ（ＮＨＫみんなのうた「はるかに蝶は」より）

小さな蝶のその一途な生き方が私の心をとらえる。昨年の座標軸「昆虫すごいぜ」に書いた6歳の孫の昆虫熱もまた一途でけなげというほかない。庭のパセリについたキアゲハ蝶の卵は、やがて青虫になり孫の申告によると42匹もいるとか。

「蝶々のもの食ふ音の静かさよ」（高浜虚子）とはいかず、恐ろしい勢いでパセリを食べつくす。造化の妙なのか、その青虫の美しいこと。緑の胴体に、黒と赤の斑点をちらし空からの鳥を威嚇するのか。とはいえ、悲しいかな鳥の餌食になる。孫は家の中に避難させ、食草を運ぶ。必死な世話にもかかわらずサナギになるころは、10数匹にも満たない。身動きひとつしないサナギから、ある日羽化した蝶があらわれる。

「ほそみとはかるみとは蝶生れけり」（久保田万太郎）。キアゲハの誕生だ。とても厳粛な真昼のひととき。こんなにも丁寧な営みを知った身には、小さないのちはいとおしいばかり。この秋、我が庭のフジバカマにアサギマダラは来るだろうか。

初蝶の一途に吾に来るごとし　　橋本多佳子

（２０２1年9月）

木に教わる

天高く馬肥ゆる秋という季節感はいつのことを指すのだろうか。コロナ禍で縮こまった身体を思いっきり伸ばし、深呼吸をしたいと久しぶりの奈良公園。

木々の色づきも始まる頃と見回せば、なんと数本のナンキンハゼの大木が切り株だけになっている。どうやら奈良公園とその奥に広がる春日山原始林でも、外来種のナンキンハゼの木を伐採しているらしい。このような移入植物の侵入拡大により、原始林本来の姿が失われ自然破壊が起きているとか。森林ボランティアをしている友人から「多様性の低下」という言葉を聞いた。

また、長野県の南木曽で代々林業に携わっている知人からの便りに「日本の林業は終わった」という衝撃的な言葉を聞いた。「樹齢50年のスギが一本１００円、樹齢70年のヒノキでも一本３００円。成長するのに数十年かかった大木が、数カ月で収穫できる野菜と同じ値段で売られている」とあった。

思うに、戦後あの焼け野原の中で、日本の復興を願った先人たちが、成長の早いスギやマツなどを各地に植えたのだ。70年の歳月を経て伐採期に入った木々がこの値段という。しかも、もっと辛いのは、この木々の使い道は三つ。一つはバイオマスで燃やす、二つはベニヤ板にする、三つは中国に輸出するだとか。

知らなかった。6年前、リフォームした我が家では、階段はゴムの木、下駄箱はホワイトウッド、外壁は米スギと恥ずかしい限り。せめて床はヒノキ、天井はスギ、廊下はクリという香り高い家にしたかった。本気・本腰でリフォームをしたらきっと本物に出合えたものをと後悔する。

これも「多様性の低下」の一現象というのであろうか。

今年のオリンピック・パラリンピックでは「多様性と調和」が謳われていた。205の国、地域に加え難民、障がいのあるアスリートが活躍した見事な五輪の祭典であったが、やはり長い目の見守りが必要だと思う。

奈良公園の、春日山原始林の、南木曽の木々が教えてくれるのは、多様性という名の下で守るべき伝統を失ってはならない、ではないだろうか。それは思うに坂村真民さんのいう〝あとからくる者のために〟である。

秋の陽を浴びて山歩きをして来た孫たちは、どんぐりを持ち帰ってくる。奈良公園のシカのおやつにとためている。そのうち一個のどんぐりは土に返している。いつか芽を出し木になるのを待っている。

未だに成功していないのだが、この幼い者でさえ、自然への恩返しを考えているのだ。時代がどう変わっても守るべきものがある。その中に、文化を託し次世代に継いでいきたいものである。

（2021年10月）

年寄りの冷や水

日の匂い土の香冬の水流る　　　　滝　春一

自粛ぐらしのこの一年、部屋の窓から見える草木を飽きるほど眺めてきた。慣れっこになるとかえって四季を感じなくなるものか。ふと今朝のシャワーの水の冷たさに「おっ、冬だ」と。

一年を通して朝は5時半ごろに目が覚める。目覚めるや自分を勇み立てる心があって、すぐシャワーを浴びる。一口にシャワーと言ったが、そのシャワーとはぬるま湯から熱く温度をあげ、体を温めたところでパッと冷水に切り替え、手足の先からだんだんと全身に浴びて行く水シャワーである。

当然のことだが、冬になるにつれ、この水シャワーの霊験さは増していく。シャワーのあと体の芯からホワッと温もりが湧いてきて、「ああ、生きてる」。一瞬だがこの力が一日の原動力になる。大判タオルに身をくるむと、最高の幸せがひろがる。

若い日からの習慣であり、秘かな健康法だ。口外するとかえって「老いの冷や水」と顔をしかめられるが、私にとってはこの水シャワーがないと一日が始まらないのである。朝の洗顔の延長にすぎないのだが。

かつて奈良の奥地といわれる十津川村で障がい児の訪問指導に当たっていた頃、村の小学校に寝泊まりしたが、シャワーの設備などあるはずもなく窮してしまい、トイレの清掃用ホースを5メートルほど引き延ばして代用した。ことほど左様に時に困った健康法にもなる。

この健康法の根っこには、祈りの体験がある。

若い日、伊勢神宮に参拝するにあたり伊勢修養団の宿所に泊まった。そこでは、早朝行事として五十鈴川のみそぎ研修があった。先導する禰宜《ねぎ》が旗を立てて川の中流に入っていく。白衣の身支度で後に続く。短い時間だったのだろうが、その時の水の冷たさは忘れられない。身も心も洗われ、自ずと神聖なものに高まっていた。

毎朝、シャワーのたびあの時の感覚が蘇り、祈りに近い水への感謝になる。

この地球が豊かな水に恵まれた天体だと教えてくれたのは、60年前（1961年）のソ連の宇宙飛行士ガガーリンである。「地球は青かった」は、その感動をあらわす言葉だ。

幼い時から、水のありがたさは体ぐるみで教わっていた。故郷の讃岐は溜池で有名なほど、水不足の土地だった。戦争中の疎開先では、大井戸からツルベで水をくみ、バケツで風呂に運ぶ。そのお風呂たきは、小学4年生の私の役目だった。私にとって水は「お水」なのだ。毎朝のシャワーは「年寄りの冷や水」と言われもするが　されどシャワー。

元気であるかぎり感謝して続けていきたい。

寒水に手濯《すす》ぐ遂に足洗ふ　　篠田悌二郎

（2021年11月）

毎朝　髭を剃るということ

人声につかまり立てば冬の暮れ　水原秋櫻子《しゅうおうし》

コロナに明け暮れたこの年も逝く。自粛中の私に、もっと自粛するようにという天の計らいか。敬老の日に他でもない、自分が自分に骨折入院という贈りものをしてしまった。コロナ禍の病院は、ただでも逼迫《ひっぱく》していると知っていながら、そこに入院をした。家族の面会、お見舞いなし。部屋から出る時はマスク。あらゆる動作の前後は消毒。

入院と決まった朝、取り急ぎ読む本を数冊カバンに入れた。ヴィクトル・E・フランクルの『夜と霧』も入れた。いつも机の端に積み上げていて、いつか読もうと思いつつ「またね」「また今度ね」と、脇に押しやっていた本だ。心のどこかであのアウシュビッツ強制収容所の理不尽で過酷極まりない収容所ゆきと、今の自分に課せられた入院を重ねていたのかもしれない。

手術後の安静期を過ぎたころ、ふと枕元の持参した『夜と霧』をはらり開けたところに――「頼むからこれだけはやってくれ。髭を剃るんだ。できれば毎日」「いいかもう一度言うぞ、髭を剃れ」「立ったり歩いたりする時はいつもピシッとしてろ。そうすればガス室なんてこわくない。やつれた病人みたいに見られたら、即ガス室送りだぞ」――いつのまにか何度も何度も読んでいた。

今いるここはアウシュビッツ強制収容所ではない。ガス室もない。けれど私は病人であることは事実。そのことに甘えることなく、痛みや苦しみのそのもろもろの困難に立ち向かうのだとアウシュビッツのフランクルは言う。どんな状況であれ、日常の小さなことを人としてあるべきように生きるるのだと。心に響いた。

「髭を剃れ」で思い出したことがある。昨年4月に亡くなった環境保護活動家のC・W・ニコル氏のこと。彼は幾度となく南極・北極探索に出て、風雪に閉じ込められたことも数限りないとか。その中でしっかり耐えられた人たちは、ちゃんと毎朝「髭を剃る人」だったという。

そして、相手になにがしかしてもらったら「サンキュー」すれちがったら「ソーリー」「エクスキューズ・ミー」ときちんと言う人。つまり、そういう社会的なマナーを身につけた人が、厳しさの中にあって最後まで弱音を吐かなかったという話だった。

この年も終わり近い。失敗、挫折、けが、と重ねてきたが、思うにそれらの体験ごとにすべての事が「あたりまえ」ではなく、実に「ありがたい」ことだったと今よく分かる。人の生き方や命を支えているのは、何でもない日常の、小さな出来事、些細なふるまいの中にこそ秘事があるのではないだろうか。

わが星を仰ぎ忘れし年逝けり　馬場移公子《いくこ》

（2021年12月）

誇りをもってこの国に生きる

去年今年《こぞことし》貫く棒の如きもの　　高浜虚子

令和4年の幕あけ。感慨深く迎えている。コロナ禍に明け暮れた去年。毎日発表される感染者の数に一喜一憂した。その数は住まいする町市県に始まり、国から世界に及ぶ。

米ジョンズ・ホプキンス大学の集計によると去年11月2日、世界全体の感染者数は2億5千万人、死者は5百万人に達した。ちなみに、日本は感染者172万人、死者は1万8千人である。

これらの数字から、何をどう読みとっていくべきか分からないが、とにかく数を手帳が膨れ上がるほど書き留めた。

その数は「通常であれば受けられる医療を、多くの人が受けられない事態」という逼迫度《ひっぱく》を示し、それが不要不急・自粛の呼び掛けになり、ついには緊急事態宣言の発令に及んだものなので目が離せない。

「必ず事態を改善させる」として登場したのはワクチン。アメリカの製薬大手ファイザー製のワクチン40万回分が、ブリュッセルから成田空港に着いたという報道のうれしかったこと。それ以後、数の記録にワクチン接種データも加えた。しかし、ワクチン接種者の数は、輸入に頼るためかスムーズには増えなかった。待ち望んだワクチンの国産は、ついにかなわなかった。かつて「科学技術大国」と呼ばれた日本ではなかったのか。アメリカやEUからの〝お恵み〟に頼らねばならなかったのが残念でならない。

一方、コロナ禍にあって誇りを保てたのは、東京オリンピック・パラリンピックの開催が成功したことである。9年前、自ら手をあげ勝ち取った五輪開催の栄誉。アスリートはもちろん、世界の国々への約束である。

コロナのため1年延期はともかく、いざ開催の年になり中止運動なども起きた。多くの困難を乗り越え、日本は最終的に約束と責任を果たし、「おもてなし」を世界中に届けることができた。この時私は、誇りをもって生きる事の大切さを痛感した。

幸いなことに、その思いを支え続けてくれる人がいた。昨年のNHK大河ドラマ「青天を衝《つ》け」の渋沢栄一である。武蔵国血洗島《むさしのくにちあらいじま》村の農家に生まれ、幕末から明治・大正・昭和を駆け抜け、近代日本の礎を築き、「日本資本主義の父」と呼ばれている。自らを計算に入れず、誰かの為に生きようとした姿は、国という以上に「人間の礎」をつくった人のように思えてならない。

「誰もが同じように幸せを感じる社会」「世界の人たちと尊敬しあって仲良い世界を作るために役立ちたい」と願い祖父は生きた、と孫の鮫島純子氏は言っている。その教えから「何があっても、ありがとう」と、愛と感謝で生きる99歳の鮫島純子氏に学びつつ、新たな一年を歩みたい。

去年今年しずかにとほき人の像　　渡辺千枝子

（2022年1月）

一汁一菜でよいという

山椒をつかみ込んだる小なべかな　一茶

『一汁一菜でよいという提案』、これは料理研究家土井善晴著の本の題名である。一家5人の賄い方となって7年目。夕食の献立のことがいつも頭にある私にとって、本の書き出しからとりこになった。「この本は、お料理を作るのが大変と感じている人に読んでほしいのです」。

先日、新聞に、最近の若い夫婦は外食か調理済みの食品を買ってくることが多く、家で調理する機会が減って包丁が姿を消しつつある、とあった。息子に聞いてみると「僕も独身の時そうだった。夜10時過ぎまで仕事をして帰る時には、コンビニの出来合いで済ますのは普通だった」。

独身や一人住まいならともかく、そうはいかない。「今晩のおかずは何にしよう」の悩みは変わらない。ところがこの本は続けて言う。「考えることはいらないのです」「毎日毎食、一汁一菜でやろうと決めて下さい」「ご飯と具だくさんの味噌汁。それでいい」という。この提案はまず、私の心をホッとさせてくれた。

故郷の母は料理上手な人だった。その腕を乞われて病院の病人食の調理に携わっていたほどだ。戦後、物の乏しかった頃の事、食材の思い出は裏山から始まる。春、蕗《ふき》や蕨《わらび》をとってきて皮をむき、あくを抜いてキャラ蕗や甘酢煮に。庭に出るとギボウシ、これはてんぷらや酢味噌あえ。ユ

キノシタの花は塩漬け、葉は素揚げ、茎は茹でて和え物に。畑のソラマメは塩ゆで、煮豆、炒り豆と。その炒り豆はおやつでもあった。

思い出の食材は土の感触、草の匂い、母の声、くらしの全てを蘇《よみがえ》らせてくれる。母から食事を作ってもらったという安心は、今の生きる力になっていた。そしてふと、私は料理することが好きだったと思い出したのだ。

「ただいま」とお腹をすかせて帰ってくる孫たちに食事を作るということは、喜びと、安心と生きる力につながる有り難い事だったのか。家族で囲む食卓は、何よりの憩いの場、団欒《だんらん》の場、穏やかで豊かなひとときである。そこに小さな躾も加わるけれど。「いただきます」と「ごちそうさま」のあいだに、「お代わりのお茶椀は両手で」とか「食卓に肘をつかない」とか「ご飯粒が残っている」とか、昔も今も変わらない言葉が行きかって。「もったいない」とか「おいしいね」とか。今日の帰り道であったことから、コロナウィルスの話まで。

そこでは料理の上手下手、味付けの濃いの薄いのも通り越して「まだ時季が早いかな」「これ高級魚だぞ」とか。今日も7歳の孫が右手の親指を一本立てて「おばあちゃん、グーね」とほめてくれる。それだけで十分なのである。

この畦《あぜ》や母亡きのちも蕗の薹《とう》　篠塚しげる

（2022年2月）

笑う門には福来る

故郷やどちらを見ても山笑う　　正岡子規

山笑う候。うららかな日差しの中、縮こまっていた木々が燃え始め、花咲《わら》う時候になった。吹く風もきらきらと光っている。

今年の年賀状に「笑う門には福来る」と書いた。幼い者たちとの暮らしだからか、よく笑う。縁あって子育てに2度、関わることになる。最初はわが子2人。共稼ぎという言葉が稀だった頃。世の逆風の中、至らない母として行き届かない子育てをした。それ故にか、再び子育てに関わるチャンスを得た。今度は孫育てという立場だが。

7年前、共働きの長男一家との同居で2歳の女の孫と生後半年の男の孫と暮らすことになった。当初赤ん坊だった子を抱いて、玄関前の階段を昇降した。よちよち歩きの時には手をつないで「ヨイショ、ヨイショ」と一段ごとに足を運んだ。それは束の間の事、あっという間に駆け上るようになり、後から来る私に「ヨイショ、ヨイショ」と掛け声をかけてくる。腹立たしいが仕方がない。笑うしかない。外に出ると、すぐ走り出す子らに「待って、待って」と言うのは私。

そんなある日、突然「おばあちゃん、いつ死ぬの」と聞いてきた。「そうね、死ぬときが来たら死ぬよ。だから安心していいよ」と答える私。「雨ニモマケズ」の中に〝決シテ瞋《いか》ラズ　イツモシヅカニワラッテイル〃というのがあった。

ところが、半年もたたないうちに、「おばあちゃん、100歳まで生きてね」と。〃ホメラレモセズ　クニモサレズ〃に生きていたいもの。

近年の調査によると、高齢者の4分の1は一人暮らしで、3分の1は高齢の夫婦のみとなっている。そして高齢者の鬱や自殺の多さが問題になっている。孤独感は、物事を良くない方向にとらえる傾向や自己肯定感の欠如につながり、最終的に抑うつ症、認知症に関係するといわれる。誰しも好んでそうなるわけではない。今年の年賀状に〃気づいたら独りぼっちだった〃とあり、〃年賀状は今年でお終《しま》いにします〃と。年はとりたくないもの。

今年のお節料理のお重詰めは、9歳の孫が手伝ってくれた。「私、昔から上手だったでしょう」と得意気。昔って、つい3年前のことだが、「そうね。昔から一流だったよ」

子供は人生を濃くも深くもしてくれ、自然の癒しと穏やかな心をくれる。そこでは怒る心も気力も削がれて、笑うしかない。「おばあちゃんの目、細くて寝ているのか起きているのかわからない」と。

成長とは何かに「なる」ことではなく、ありのままの自分、子供の自分に「還る」ことなのか。

ころころと老婆生きたり光る風　　相馬遷子《せんし》

（2022年3月）

平和は微笑みからはじまる

行く春や鳥啼き魚の目は泪　　松尾芭蕉

長年、尊敬し慕い続けてきたマザーテレサに会うことができたのは、マザーの死後4カ月を経ていた。かねてから「人間は一生のうち逢うべき人には必ず逢える。しかも一瞬早すぎず、一瞬遅すぎない時に」（『森信三の名言』致知出版社より）という言葉が好きであった。とはいえ、こういう出会いになろうとは思いもしなかった。

1998年、ボランティアで訪れたインドのマザーテレサの家「ミッショナリー・オブ・チャリティー」での出会いは、なんとマザーの柩《ひつぎ》と、その枕辺の等身大の坐像であったとは。

朝5時半に始まるミサをそっと抜けて、一人別室に安置された柩と像の前に座すことができたのは稀有《けう》なことだった。坐像のマザーは、白いサリーに藍色がかったインディゴブルーの3本線に縁どられた、いつものお姿。横座りしたサリーから、サンダル履きの足が見える。そっとその場に座し、マザーの足に触れながら「マザー、やっとお会いすることができました」と。

〝マザーテレサの足の親指のつけ根には、大きなコブがある〟と、以前何かで読んだことがある。このコブはマザーがカルカッタの街を歩き続け、道端で息も絶え絶えの人を抱きかかえ、「あなたの人生は立派でしたよ」とたたえ、〝死を待つ人の家〟にお連れした時のもの。静かに微笑んでいる坐像のマザー。ただただ感無量。

しばらくしてから目に入ったのは、「SMILE LOVE GIVE」（微笑みなさい　愛しなさい　与えなさい）という言葉。気がつくと、その言葉は教会中にあふれていた。祈りの部屋はもちろん、階段にも、階段の踊り場にも、廊下にも。「平和は微笑みから始まります」とは、マザーテレサの言葉。

１９８４年、マザーテレサは来日している。その日、岡山駅にお迎えしたノートルダム清心学園理事長・渡辺和子さんの文によると、駅の周辺は黒山の人だかり。テレビや雑誌の記者、関係者や一般の人たちで、文字通り「フラッシュの雨」だったとか。「マザー、こっちを向いて下さい」「つぎは、こちらをー」と。マザーは終始、嫌な顔ひとつせず、すてきな笑顔で対応していらっしゃったと言う。異国の地で厳しい講演日程に加え、新幹線や車など、精神的にも肉体的にもお疲れだっただろうに。当時、マザーは74歳だった。

ようやく全ての予定を終了した夜の10時過ぎ、修道院にご案内すべく肩を並べて歩いていた時、ふと「シスター、私はフラッシュがひとつたかれるたびに、死にゆく魂が神様のみもとに安らかに召されるよう神様と約束をしているのです」と。今さらのこと、微笑みとは…。

ゆく春や一縷《る》の命いとほしむ　　菅野春虹

（２０２２年４月）

「こどもの日」に寄せて

椎本才磨《しいのもとさいまろ》

薫るとやとかく奇麗な風の色

薫る風に吹かれて鯉のぼりが泳いでいる。ゴールデンウィークは、「みどりの日」「こどもの日」と続く。朝の仕事が一段落すると、丹念に新聞を読む。その私にして、どうしても読めない、読みたくない記事がある。それは児童虐待にかかわるもの。

もう30年も前になるが、今でも忘れられない児童虐待の相談がある。当時、障がい児の子育て相談に携わっていた。わが子に障がいがあると知ってなお、親は慈しみ深く子育てをしていて、いつも教えられる事が多かった。

その日「子供がちっとも大きくならない」ということで、母と女の子がやって来た。静かで寂しげな母の表情は硬かった。「小学3年生になるのに、この子は1年生にも劣る体で学習も遅れがち」「親戚縁者は学者、医者に囲まれていて、いとこもいるが、あまりにも貧弱なわが子が恥ずかしく」「子供第一で、わが身を犠牲にしても躾ているのに」「父親に似てぐずで臆病で――」と綿々。

横にいる女の子の座を遠ざけたく、ちょうど足をブルブル揺らしたのを見て「お手洗いに行きたいの、一緒に行こう」と席を立つ。お手洗いから用を済ませて出てきた子は、制服の白いブラ

ウスを紺のスカートに入れる所作…。白と紺の中にふと赤い色が見えた。「ん？」。それは女の子の爪の真ん中に赤い線。どの指もどの指にも。女の子は消え入りそうな声で「お母さんが―」。爪の先から針を入れる刑があると聞いたことがある。処刑の中でも重いものだとか。一見、人の見えないところに躾と称してそれが行われたら、女の子が大きくなれないのは当然至極だった。部屋に戻り私にできたことは、黙って母の横に座し、椅子ごとお母さんを抱くしかなかった。お母さんの脇腹がひくひくと震えて、声もなく泣いていた。母もまた辛かったことを知った虐待の相談だった。

脳性まひの自分の息子も入所している施設「しいのみ学園」の園長・昇地三郎氏（故人）は、治療教育では使ってはならない言葉があると言う。

（相手への重圧）何度言ったら分かるの、今言ったじゃないの、いくら言っても分からないのね、いつまでかかるの、ぐずぐずするんじゃない

（相手への不信）どうせ、またそんなことしたの、できるはずがない

（相手への失望）なあんだ、それだけか、やっぱりね　等

振り返って日頃、針に似た言葉で子育てをしてはいまいか。私が気をつけている言葉は、「キレる」「ムカつく」「イラつく」である。せめてこの言葉を使わないだけでも、立派な子育てだと思う。すべての子供の健やかな成長を願いつつ。

少年の手足が長く見えて夏　高瀬哲夫

（2022年5月）

二度とあってはならないこと

隧道《ずいどう》のさきの向日葵《ひまわり》空をもつ　　佐野俊夫

２０２２年2月24日という日は、歴史に残る日になるだろう。ロシアがウクライナに軍事侵攻した日である。ロシア大統領は、「自国民保護を目的に特別軍事作戦をする」と宣言。隣国ウクライナに攻め入り、平和・安全を覆した。

その日の朝、ウクライナの人にとって、いつもの朝のはずだった。早朝5時、砲撃の音は泥沼の戦いを告げたのだ。無差別攻撃は日をまたず、街も、学校も、病院も、文化遺産も破壊しつくしていった。人たちは家を追われ、街を出て国外に逃れ出た。マリウポリの赤い屋根の劇場には、空からも見える白い大きな字で「子供たち」と書かれていたにも拘わらず、空爆された。辛うじて難を逃れた女性は言う。「劇場の廊下や地下に身を寄せて寝起きしていた。食料は不足し、子供だけに食べ物を与え、大人は我慢した。十日程を経て空爆が迫る中、自分は辛くも逃げだせた」と。数百人の死者を出し、１３４人が救出されたと報道にあった。

その翌日、新聞は「地下施設」について書いていた。日本がミサイル攻撃を受けた場合を想定する時、今の日本には人をかくまう「地下施設」シェルターは2・４％しかないと。爆風や熱風から一時の避難先としてのシェルターは必要と。先の戦争の時、幼かった私は実家の防空壕に逃げ込んだ記憶がある。空襲警報のサイレンに急かされていた日々。四国の田舎なのに、どこの家にも防空壕があった。あれから70年余、平和な今日だが、ウクライナを遠い国、遠い出来事とは思わない。

先日来、大学の先輩の著書を読んでいる。現在著者は90歳過ぎ、タンザニア共和国の教育支援NPO「マライカの翼」の副理事長である。大学在学中、学生自治会委員長をしていて全学連にも関わっていた。当時、参議院選挙の際、街頭演説で「民主主義を掲げるアメリカの独裁的占領政策が——」と言ったところで、演説は中断された。いまなら何のお咎めにも当たらないものを。卒業して帰郷した2日後、和歌山の実家、父母の前で手錠をかけられ逮捕された。1949年、占領政策違反の罪で軍事裁判の実刑判決受け、3年半、刑務所の独房に収監されたという。さらりと記された一節であったが、衝撃を受けた。

戦争に負けるということは、独立や自由を失うことである。この度のウクライナを通じ、守るべきことがわかる。人命はもちろん人間の尊厳、言論の自由等、民主主義の尊さである。そして対局にある独裁、弾圧、粛清、陥穽《かんせい》や侵略、暴行、拉致、拘束、強制移住など、どの一つも許してはならないと。

6月第3日曜日は「父の日」である。戦場に立った男たちが無事に帰り、家族そろって「父の日」を祝えるよう祈っている。(2022年6月)

和して同ぜず

涼しさや熱き茶を飲み下したる　　高浜虚子

コロナ禍も足掛け3年になる。暮らしの中からさまざまな会合が減り、人とのお付き合いの形が変わったように思う。私の身近でもオンラインの会合やリモートワークが多くなった。私が関わっている団体も、年1回の総会を「紙面総会」というスタイルで2年続けた。最近、しばらく用心しながらの会合が増えてきてはいるが。リクルートワークス研究所の調査によると、「義理付きあいがなくなり」「精神的にも経済的にも助かる」「自分の時間が増えてよかった」という書き込みも多いとか。一方、孤独や孤立問題をめぐり2万人を対象とした全国実態調査では、同居以外の家族や友人と直接会って話す頻度が（月1回未満15・2％）（全くない11・2％）であり、これには親戚を初め隣近所、地域社会との多様な付き合いが望まれるとあった。

人との関わりについては、人それぞれであろう。私はと、自らに問うてみる。小さい時は「昼あんどん、物言わぬ子」だったらしい。母が「あんまり黙っていると、口の中に虫が湧くよ」と言ったほど。そんな私だったと話すと、大方の人から「嘘っー」と言われる。いつから話し始めたかと思うに小学4年生の時、父母の元を離れて疎開した時からか、と思う。

人前で話すのが苦手というのは、遺伝するものか。孫の一人は、大学生の時「友だちがいない」

と言ったことがある。「全くいないの？」と聞いたら、「1人いる」という。「1人いれば十分だよ」と答えたことがある。友だちが1人いれば、その友だちにもまた1人の友がいて、そのまた友にもまた1人とつながっている。そういうものだと思っている。

もう1人の孫は、ことし9歳になる。学校で友だちと約束した日が、一家の行事と重なったことがある。「お友だちと約束したもん」と言い切り、息子夫婦は一家での外出を優先させるべきかと大いに困っていたが、祖母の私は心の中で「人間に育っていってるなあ」と秘かに思って嬉しかった。

家の玄関に1枚の色紙の額がある。家を建てた時以来の額である。そこには2人の僧の絵。1人が大きな口を開け、もう1人は口を閉じている。添えられた書に「開口閉口　和而不同」とある。元東大寺長老・清水公照師の揮毫になる。「和して同ぜず」は、論語の言葉。〝みんなと一緒にいるけれど、一人の自分を失わない〟という意か。

TOGETHER & ALONE（トゥゲザー・アンド・アローン）。スペインの思想家、オルテガ・イ・ガセットの言葉――好きな言葉である。

一本の草も涼風やどりけり　　小林一茶

（2022年7月）

心が熱くなる話

週末のプール洗へりいわし雲　　近藤　実

プールに遊びに行った小学2年生の孫が、遊具から落ちて頭を打ったと、小学4年生の姉から帰宅するや即の報告。「落ちてから3秒くらい泣かなかったけれど、その後大泣きしていた」と周りの大人が教えてくれたとのこと、どうやら傍にいなかったらしい。急ぎ孫を引き寄せて手を当ててると後頭部にたんこぶ。「痛いの」と聞くと「うん」。なんでもなければいいが…と胸が早鐘を打つ。ある話を思い出したからである。

先ごろ読んだ月刊誌「致知」の中の話。——小学2年生の長男さんを白血病でなくしたあと、4人兄弟姉妹の末っ子の次男さんが3年生になった時、プールで背中を押されコンクリートに頭をぶつけて、あっけなく亡くなったという話——のらねこ学かん代表の塩見志満子さんの話。

知らせをうけて駆けつけた小学校には、子供たちが集まって来て「ごめんよ、おばちゃんごめんよ」と謝るけれど、「押したのは誰だ。犯人を見つけるまでは、学校も友達も絶対許さんぞ」と怒りがこみあげる。テレビ局や新聞社が来て大騒ぎになっている中、高校教師の夫が駆けつけて来る。夫も大泣きしながら、裏の倉庫に連れてい行って、こう話したという。

「これは辛く悲しい事や。だけど見方を変えてみろ。犯人を見つけたら、その子の両親はこれから過ちとはいえ、自分の子は友達を殺してしまったという罪を背負って生きていかないかん。わしらは死んだ子をいつか忘れることがあるけん。わしら二人が我慢しょうや。うちの子が心臓麻痺で死んだことにして、学校医の先生に心臓麻痺で死んだという診断書さえ書いてもろうたら、学校も友達も許してやれるやないか。そうしょうや、そうしょうや」と。「私はビックリしてしもうて。この人は何を言うんやろうかと。だけど主人が何度も強くそう言うもんだから。――それで許したんです。友達も学校も――」

それから30年経つ。許してあげてよかったと言う。「争うてお金もろうたり、裁判して勝って、それが何になる」「今考えたら、主人の言う通りでした。30年も前の話なのに、命日の7月2日には墓前に花がない年は1年もない。毎年、友達が花を手向けてくれる。タワシで墓を磨いてくれる」「もしあの時、学校を訴えていたら、こんな優しい人を育てる事は出来なかった。そういう人が生活する町にはできなかった」と。

〝どこまで人を許せるか〟という題で後日、『一日一話、読めば心が熱くなる』（致知出版社）に掲載されていた。

私ごとになる。孫のたんこぶは、3日後には消えてなくなった。ただ胸の中には、「どこまで人を許せるか」という問いが重く残った。（2022年8月）

いつか　来た道

新米の其一粒の力かな　高浜虚子

9月早々、各地の新米が店頭に出始めた。その多さに日本の国のコメ文化の豊かさに驚く。銘柄米は、年々増えていて８００から９００種もあるらしい。食べた時の食感で柔らかく粘りのある「コシヒカリ」とか、甘い香りとモチモチした「ユメピリカ」など。各県各地の自慢のコメだけに「つぶぞろい」「いのちの壱」「きらら」とか名前に「ひとめぼれ」しそう。

我が家では「奈良県産ヒノヒカリ」を主に、新潟県十日町の施設「あんしん」の障がい児たちがつくる「魚沼産コシヒカリ」を食している。有り難いといただくので、どれもおいしい。

この年2月、ロシアによるウクライナ侵攻は今や長期戦の体である。ロシア・ウクライナ共に世界有数の穀倉地帯であるだけに、その影響は大きい。6月ごろから小麦・大麦・トウモロコシの穀物輸出が停滞し始めた。加えて熱波の影響でインドの生産量の減、北アメリカの記録的干ばつの影響とか重なり合って「食」の危機が迫っている。パンから麺、菓子類の値段が上がり始めた。輸入国だから仕方がないが。そんな中、日本のコメだけは低価にとどまった。瑞穂の国という言葉をひさびさに思い出した。

幼い日、戦中戦後の食糧危機を体験した身には、あのひもじさはよく覚えている。6歳下の妹が栄養失調だった姿、ユニセフの飢餓に苦しむ子さながら、息をする度あばら骨が上下し目だけが大きかった。食卓にご飯はなくさつま芋のお粥ばかり。

そのうち、食い扶持を減らすため、私は母の実家に預けられた。そこは農家だった。男たちは出征していて祖父母と幼い者が残っていた。学校から帰ると背中に赤ん坊を負ぶって遊んだ。田んぼの仕事も手伝った。田植え、草取り、稲刈り、千歯《せんば》扱《こ》き、半人前ながら働いた。

先ごろ、近くの小学校の子供たちの田植え体験の様子を見たが、一丁前にやっていた。こうした体験はお米への愛着となり、いつの日か自給自足農業への伏線になろう。今思うに、あの戦時下にあって「土に生きる」祖父母の家は「食の安心と安定」があったと。

戦後77年を経た。最近、世界は何があってもおかしくない情勢である。「備えあれば患《うれ》いなし」と言う。考えられるのは「食」の確保だ。食の自給率をあげること。これは唐突な願いだろうか。せめてフードロスだけはしまい。そしてできれば猫の額ほどの庭を家庭菜園に——。ぎりぎり最後のところで頼るのは、まずもって自助努力だと覚悟するこのごろ。

圃にたてば四辺に起る秋の風　藤原温亭

（2022年9月）

「種をいっぱいまいている」

露の世は露の世ながらさりながら　一茶

令和4年7月8日、安倍元首相が選挙戦中に凶弾に倒れた。偉大な政治リーダーを失ったという喪失感は大きい。

「死は前よりしも来らず、かねてうしろに迫れり」（徒然草）。奈良市西大寺という、まさに我が生活圏の地で起きた出来事を前に、口をついて出た言葉だった。警備の盲点となった背後からの映像が目に残り、ショックと混乱も重なり、その後しばらくはこの「徒然草」の言葉が胸の中を去来した。死は予期せぬ時、突如としてきていた。日本の戦後史という時間軸のなかでも歴史に残る出来事が、なんとこんなに身近な場所で起きるとは。

思考停止の日々が数日続いた。そして改めて「徒然草」をひもといた。その第155段に「人みな死あることを知りて、待つこととしかも急ならざるに、覚えずして来る」とある。

季節でさえ、春が来れば夏となり、夏が来れば秋という理《ことわり》の中でも、春になれば間もなく夏の気配を催し、夏がくればどこか秋の気配を通わせているもの。今、10月には小春日和という日もあるが、秋はたちまち寒くなる。木の葉が落ちるということは、まだ葉がしっかりあるうちに下から新芽が萌し膨れて葉が落ちるという。この四季の理はこの度の安倍氏の死のなかにも兆していたという事か。

聖書にいう「一粒の麦、地に落ちて死なずば、唯一つにてあらん、もし死なば、多くの実を結ぶべし」にも通じるのか。

心落ちついた頃、安倍元首相の葬儀に触れた新聞記事を目にした。夫を亡くして5日目、葬儀にあたり昭恵夫人は、安倍氏が父晋太郎氏の追悼文でふれた幕末の志士・吉田松陰の言葉を引用しながら「10歳には10歳の春夏秋冬があり、20歳には20歳の春夏秋冬、50歳には50歳の春夏秋冬があります。義父晋太郎さんは首相を眼前に倒れたが、（夫晋三には）67歳の春夏秋冬があったと思う。主人も政治家としてやり残した事はたくさんあったと思うが、本人なりの春秋夏冬を過ごして最後の冬を迎えた。種をいっぱいまいているので、それが芽吹くことでしょう。吉田松陰は刑死を前にして「私の志を継ぐ者がいれば、私は〝後来《こうらい》（将来）の種子〟である」と。

「種をいっぱいまいている」と言う昭恵夫人の言葉は、悲しみの中にありながら、なんと未来につながる言葉ではないか。「美しい国、日本を取り戻す」「日本の誇り」「戦後レジームからの脱却」「地球を俯瞰する外交」「自由で開かれたインド・太平洋」…今も耳に残っている。

つひにゆく道とはかねて聞きしかど
きのふけふとは思はざりしを　在原業平（古今和歌集）

（２０２２年10月）

心耳を澄ます

暖冬や既に芽をもつ枝低く　　大場白水郎

人の心にも潮時があるのか。このところ、ずうっと心の引き潮が続いている。「引き潮の時には波に抗って泳ぐと、かえって溺れてしまう。波に抗わず、流れに身を任せながら、自分の呼吸を保っていること」だと、泳ぎの場面を思い出しつつ自分に言い聞かせている。泳ぎは上手くない。それでも溺れた記憶は鮮明で、その時の恐怖の記憶は深い。泳ぎ始めは6歳頃、家のすぐ近くにある池だった。灌漑《かんがい》用の池には水門がある。犬かきで泳げるようになった時、ある日その水門を目指して泳いだが、溺れてしまった。大量の水を飲み、必死に動かした手足は引きつり沈もうとする時、3歳年上の兄が助けてくれた。

小学校の夏の水泳は、海だった。池と違って海は波がある。潮の満ち引きは体が知っていった。海水浴最終の日は、遠泳になる。学年ごとに一斉にスタートするが、やがて一人になる。自力で泳ぐのみ、疲れたら背泳ぎで空を見ながら。全身で波を受け止め、波に身を任せ、自分で自分を励まして。今、あの幼い日の感覚を手繰りつつ、生きている。3年続くコロナ禍に、収束は見えない。

ロシアによるウクライナ侵攻もまた、多くの死者を出しながら終わりを知らない。それ故に世界中の食糧やエネルギー危機を招き、足元の暮らしにも物価高騰となって押し寄せる。台湾有事は日本有事の気配を見せ、平和な日々に暗い影が漂う。くわえて地球温暖化による気候変動は、かつてない陽の照り付け、雨の降りよう、風もまた。全てが例えようのない不安、予感を生む日々である。

この中にいて、目を背けることなく、騒ぎ立てず、流されつつ留まって、一つ深呼吸をして心耳を澄ましていたい。心耳を済ます経験は、かつて教職にあった日、重度障がい児に寄り添い続けた日々がある。ことばの言えない教え子を抱きかかえ、その身体のこわばりや、涙や、鼻みずや、よだれの全てに声にならない願い、ことばにならないことばを聞いた日がある。

心耳を済ます時、耳はいわゆる耳ではなく、全身の皮膚感覚を澄ましていた。あのころ心の中は、温かいものに溢れていた。それは命を抱きかかえていたからかも。

心が引き潮の今も、日常はここにある。茶飯《さはん》にも心と思いを込めること。立場を変えて見ることや、この国のこと、世界のことを俯瞰《ふかん》して見ることや——。

その時、新たな出会いはいのちを孕むことになるだろうか。

どこからか、だれかの歌うわらべ歌が聞こえる。（２０２２年11月）

「ありがとう」の心いっぱいに

何事の頼みなけれど春を待つ　高浜虚子

座標軸に関わって10年の歳月を経た。おかげさまで何とか続ける事ができた。人生の縦軸と横軸の交わる「いま」「ここ」を十分に捉えきる力もなく、本当に申し訳なく思っている。

ただ年齢だけは重ねていて、戦前、戦中、戦後を体ぐるみで生きたという記憶。大学卒業後、働きながらの子育ての中、障がいのある子に関わる仕事を通し、〝いのち〟のかたわらで働く事ができた幸せ。そして今、三世代家族の一員としての日々の営み。そのどれもが、この私の身体の中に息づいて座標軸の筆を支えてくれた。そして何より、この小冊子を受けとめて下さる皆様の温かいお心のおかげ様だと感謝している。

先日、新聞の一角で見つけた小さな話には、とても心打たれた。建設現場で、通りすがりの旅人が作業に汗を流す職人に「何をしているのですか」と尋ねたら、一人は、「レンガづくりだ、手が痛くて仕方がない」とぼやき、もう一人は「壁を造っているんだ」と目尻を下げた。三人目は、胸を張って言った。「大聖堂を建てている、神を讃えるためだ」と―。

仕事とは「目的」という妙薬のさじ加減一つで、うつむく人がいる、上を見る人がいる、と。

さしずめ「座標軸」という仕事を頂いた私にして、ここから私なりの平和な国づくり、豊かな人

の心づくり、充実した暮らしづくりに関わる誇りと喜びを感じていたのだった。

坂村真民さんの詩に、「一人でもいい／私の詩を読んで／生きる力を得て下さったら／涙をふいて／立ち上がって下さったら／きのうまでの闇を／光にして下さったら／一人でもいい／私の詩集をふところにして／貧しいもの／罪あるもの／捨てられたもの／そういう人たちのため／愛の手をさしのべて下さったら」がある。

座標軸に関わった日々、私は常にこの小冊子をふところならぬカバンに入れて持ち歩いた。電車の中で、病院の待ち時間に、研修の休憩の間に、散歩の道ずれに——と。それはこの本を手にされた方がなさるだろう行動のなかで、たとえば座標軸の一文は読むに耐え得るものになっているだろうかと。まさに子を旅立たせる親心に似ていた。

「鳥は飛ばねばならぬ／人は生きねばならぬ／怒涛の海を／飛びゆく鳥のように／混沌の世を生きねばならぬ」（坂村真民「鳥は飛ばねばならぬ」より抜粋）

今、世情は混沌とも怒涛ともいえる。この日々を生きる時、せめては愛と感謝は忘れたくないもの。さらに言うなら愛されるよりは愛する方を、許されるよりは許す方を、世話されるよりはお世話する方を生きていきたい。

おわりに、心こめて「ありがとう」と。（２０２２年12月）

おわりに

今年87歳になります。77歳から書きはじめ、10年を経ました。十年ひと昔と言いますが、私にはそれは月ごとのリズムで過ぎました。毎月、何を書くのか、書けるのかと緊張に始まり、原稿用紙に向かえばこんな文でいいのかどうかの不安の中で、消したり、書いたりを繰り返し、やがて締め切りが来る。安堵するのは翌月、アワーストーリーの中に「座標軸」を見届ける時。10年の間には「もう限界」と絶望の声を上げたことも限りない。そんな時、終始、励まし伴走してくださった人がいる。編集長の小林久恵氏と編集委員の新田百合子氏です。この度の出版のお世話もしていただきました。温かいお支えには感謝してもしきれません。おかげさまで、至らない人生の振り返りと整理が出来ました。こんな幸せなことはありません。感謝の中で、これからの日々を歩いていきたいと思います。

令和五年春

向野 幾世

著者プロフィール

向野 幾世（こうの いくよ）

1936（昭和 11）年、香川県生まれ。

奈良女子大学文学部卒。

国立教護事業職員養成所終了。

肢体不自由児施設指導員や奈良県明日香養護学校教諭、奈良県立障害児教育センター所長、西の京養護学校校長、奈良県立教育研究所障害児教育部長、奈良大学講師、島根県立女子短期大学客員教授などを歴任。
98 年、文部大臣より教育功労賞受賞。
主著に『お母さん、ぼくが生まれてごめんなさい』（扶桑社）『いいんですか　車椅子の花嫁でも』（サンケイ出版）。

いかがお過ごしですか？
四季折々に綴る人生の座標軸

2023年4月10日　第1刷発行
著　者 —— 向野幾世
発　行 —— アートヴィレッジ
〒663-8002　西宮市一里山町5-8・502
Tel：050-3699-4954
Fax：050-3737-4954
Mail：a.ochi@pm.me